双葉文庫

知らぬが半兵衛手控帖

五月雨

藤井邦夫

目次

五月雨《さみだれ》　知らぬが半兵衛手控帖

江戸町奉行所には、与力二十五騎、同心百二十人がおり、南北合わせて三百人ほどの人数がいた。その中で捕物・刑事事件を扱う同心は所謂《いわゆる》〝三廻り同心〟と云い、各奉行所に定町廻り同心六名、臨時廻り同心六名、隠密廻り同心二名とされていた。

臨時廻り同心は、定町廻り同心の予備隊的存在だが職務は全く同じである。そして、定町廻り同心を長年勤めた者がなり、指導、相談に応じる先輩格でもあった。

第一話　五月雨《さみだれ》

一

雨は夜半過ぎから降り始めた。

朝の光は、雨戸の隙間から弱々しく染み込んでいた。

北町奉行所臨時廻り同心白縫半兵衛《しらぬいはんべえ》は、蒲団《ふとん》から出て雨戸を開けた。

雨は霧のように降り続け、庭の木々を濡らしていた。

半兵衛は、梅雨冷《つゆび》えに身を縮めて顔を洗い、廻り髪結《かみゆい》の房吉《ふさきち》が来るのを待った。

雨は音もなく降り続いた。

降り続く雨は、外壕《そとぼり》の水面《みなも》に小さな波紋を重ねていた。

半兵衛は傘を差し、岡っ引の本湊《ほんみなと》の半次《はんじ》と外壕に架かる呉服橋《ごふくばし》御門を渡り、北町奉行所の表門を潜《くぐ》った。

同心詰所の大囲炉裏《おおいろり》には炭が熾《お》き、掛けられた茶釜から湯気が立ちのぼっていた。

半兵衛と半次は、大囲炉裏を囲む縁台《えんだい》に腰掛けて熱い茶をすすり、半刻《はんとき》（一時間）ほどを過ごした。

「さあて、奉行所に顔も出したし、大久保《おおくぼ》さまに逢わない内に見廻りでも行くか……」

事件を抱えていない半兵衛は、吟味《ぎんみ》与力の大久保忠左衛門《ちゅうざえもん》に面倒な事件を押し付けられるのを恐れた。

「はい……」

半次は苦笑した。

半兵衛は、忠左衛門と逢うより、梅雨冷えの町に出るのを選んだ。

「白縫さん……」

物書《ものかき》同心が同心詰所にやって来た。

しまった……。

半兵衛に悪い予感が過《よ》ぎった。

「なんだい」

「大久保さまが、急ぎ用部屋に参れとの事です。お伝えしましたよ」

「分かった……」

半兵衛は吐息を洩《も》らした。

物書同心は立ち去った。

「旦那、ちょいと遅かったようですね」

半次は、半兵衛に同情した。

「ああ。どうやら下手《へた》を踏んだようだ」

半兵衛は苦笑した。


霧雨《きりさめ》は舞い続け、梅雨冷えが緩《ゆる》む気配はなかった。

吟味与力大久保忠左衛門は、小さな手焙《てあぶ》りを抱え込んでいた。

「大久保さま……」

「遅いぞ、半兵衛。待ちかねた。さあ、入れ」

「御免……」

半兵衛は用部屋に入り、忠左衛門の前に座った。

「良く降りますなあ……」

半兵衛は庭先を眺めた。

「梅雨だ。仕方があるまい」

忠左衛門は白髪眉《しらがまゆ》を寄せ、筋張った細い首を伸ばして霧雨の舞う庭を一瞥《いちべつ》した。

「それでな、半兵衛……」

忠左衛門は、声を潜《ひそ》めて半兵衛を見据えた。

やはり面倒な事を命じられる……。

半兵衛は覚悟を決めた。

「はい……」

「妙な事が起きた……」

忠左衛門は白髪眉をひそめた。

「妙な事……」

半兵衛は戸惑った。

「うむ。大店《おおだな》の主《あるじ》が行方知れずになってな」

「行方知れず……」

「左様《さよう》。それで家族や奉公人たちが、心当たりを捜し廻ったのだが、見つからず……」

「拐《かどわ》かしですか……」

半兵衛は眉をひそめた。

「うむ。家族や奉公人たちもそう思ったが、何の脅《おど》し文もなく、十日が過《す》ぎたそうだ」

「脅し文もなく十日……」

「うむ……」

「となると、拐かしじゃありませんか……」

「左様。家族や奉公人たちは、ひょっとしたら、もう何処《どこ》かで死んでいると思った」

「でしょうね……」

半兵衛は頷《うなず》いた。

「処《ところ》が主は生きていた……」

忠左衛門は、半兵衛の驚きを見透かすように微《かす》かな笑みを過《よ》ぎらせた。

「生きていた……」

半兵衛は、忠左衛門の期待通りに驚いた。

「うむ。掛け取りに行った手代《てだい》が、浅草広小路《あさくさひろこうじ》で主を見つけたそうだ」

忠左衛門は満足げに頷いた。

「何をしていたのですか……」

「それが、人足《にんそく》と申すか、物乞《ものご》いと申すか、薄汚いなりをして雷門《かみなりもん》の傍《そば》に座り込み、自分が何者で、何処で何をしていたのかも覚えていなかったそうだ」

忠左衛門は、細く筋張った首を伸ばして喉《のど》を鳴らした。

「自分が何者か覚えていない……」

半兵衛は唖然《あぜん》とした。

霧雨はいつのまにか音を立てて降る雨に変わり、梅雨冷えは一段と厳しくなっていた。

日本橋通《にほんばしとおり》三丁目の打物屋《うちものや》『堺屋《さかいや》』の主・宗右衛門《そうえもん》は、十日前に同業者との寄り合いに出掛けて姿を消した。そして、十日後に思わぬ姿で、記憶を失って現れたのだ。

〝打物屋〟とは、包丁《ほうちょう》を売る店である。包丁には、料理に使う刺身《さしみ》包丁、菜切《なきり》包丁、出刃《でば》包丁、鰻割《うなぎさ》き包丁などがあり、他に煙草《たばこ》包丁、畳《たたみ》包丁などがある。『堺屋』は江戸でも老舗《しにせ》の打物屋だった。

「打物屋の旦那ですか……」

赤合羽《あかがっぱ》を着た半次は、菅笠《すげがさ》をあげて半兵衛を見た。〝赤合羽〟とは、ベンガラ染桐油《ぞめとうゆ》を引いた紙の合羽であり、中間《ちゅうげん》や小者《こもの》が使っていた。

「うん……」

半兵衛は傘を差し、外濠沿いの道を南に進んだ。

「じゃあ堺屋の宗右衛門旦那、十日の間、何処で何をしていたのか、まったく覚えちゃあいないってんですか……」

半次は眉をひそめた。

「うん。自分が何処の誰かもな……」

半兵衛は檜物町《ひものちょう》の間を曲がり、日本橋の通りに向かった。その先が通三丁目であり、打物屋『堺屋』があった。

「それで若旦那が、何か悪い事に巻き込まれたんじゃあないかと心配し、大久保さまに相談したそうだよ」

「大久保さま、堺屋と何か関わりが……」

「うん。堺屋のお内儀《ないぎ》と幼馴染《おさななじ》みって話だ」

半兵衛と半次は、打物屋『堺屋』に向かった。

雨は小降りになり始めていた。


打物屋『堺屋』の暖簾《のれん》は雨に濡れていた。

『堺屋』の若旦那の宗助《そうすけ》は、半兵衛と半次を座敷に通した。

「手前は堺屋の倅《せがれ》の宗助。これは番頭の彦八《ひこはち》にございます」

若旦那の宗助は、自分と背後に控えている初老の番頭彦八を示した。

「彦八にございます」

番頭の彦八は深々と頭を下げた。

「私は北町奉行所臨時廻り同心の白縫半兵衛。これなるは、本湊の半次と申す」

「はい……」

「して宗助、宗右衛門は如何《いかが》致しておる」

半兵衛は、温かい茶をすすった。

「はい。相当に疲れているのか、一日の殆《ほとん》どを眠っております」

宗助は、心配げに眉をひそめた。

「そうか。で、宗右衛門、何か思い出したかな」

「いいえ。起きている時は、只《ただ》ぼんやりとしているだけでございまして……」

「ならば、宗右衛門が戻ってから、店に何か変わった事はないか」

「別にこれと云って何も……」

宗助は、彦八に同意を求めた。

「はい。別に……」

彦八は、困惑した面持《おもも》ちで頷いた。

「では訊くが、十日ほど前、宗右衛門は同業の者どもの寄り合いに行ったそうだが、場所は何処だ」

「はい。池之端《いけのはた》の料理屋若松《わかまつ》にございます」

「若松での宗右衛門の様子はどうだったのかな」

「はい。聞いた処によりますと、機嫌良く酒を飲んでいたとかで、別に変わった様子はなかったそうです」

「寄り合いがお開きになったのは……」

「戌《いぬ》の刻五つ（午後八時）過ぎで、旦那さまはお一人でお帰りになられたそうにございます」

彦八は告げた。

「そうか……」

打物屋『堺屋』の主の宗右衛門は、不忍池《しのばずのいけ》の畔《ほとり》の料理屋『若松』での同業者の寄り合いに行き、帰路の途中に行方知れずになった。

「そして十日後、雷門の傍に変わり果てた姿でいたか……」

「はい……」

宗助と彦八は頷いた。

「宗右衛門を見つけたのは……」

「手代の平吉《へいきち》にございます」

「呼んで貰えるかな……」

「はい。只今……」

彦八は、手代の平吉を呼びに行った。

「よし。宗助、その間に宗右衛門に逢わせて貰おうか……」

「は、はい……」

宗助は戸惑った。

「さあ、案内して貰おう」

半兵衛は、素早く立ち上がった。


座敷は薄暗く、薬湯《やくとう》の臭《にお》いが籠っていた。

宗右衛門は、低い鼾《いびき》をかいて眠っていた。

半兵衛は、宗右衛門の枕元に座り、その顔を見つめた。

無精髭《ぶしょうひげ》の伸びた宗右衛門の顔は、皺《しわ》が深く刻まれて窶《やつ》れていた。

半兵衛は見つめ続けた。

宗右衛門は低い鼾を続け、薬湯の臭いは籠ったままだった。

半兵衛は、蒲団の外に出ている右手の指先を見つめた。右手の指先には、汚れが黒く染み込んでいた。

「よし……」

半兵衛は、宗右衛門の枕元から立ち上がった。

薬湯の臭いは微かに揺れた。だが、宗右衛門の鼾に変わりはなかった。

手代の平吉は、障子《しょうじ》の傍に緊張した面持ちで控えた。

「それで平吉、宗右衛門は酷いなりをして雷門の傍に座り込んでいたのだな」

「はい。無精髭を伸ばし、手拭《てぬぐい》で頬被《ほおかむ》りをしていたので、初めは気が付かなかったのですが……」

「その時、旦那は一人でいたのかな」

「はい。一人だったと思います」

平吉は頷いた。

「それで驚きまして、自身番の方々にお手伝いして戴き、町駕籠《まちかご》に乗せてお連れしたのでございます」

平吉は、宗右衛門を見つけた時を思い出したのか、顔を赤らめて意気込んだ。

平吉の言葉に嘘はない……。

半兵衛はそう見定めた。


雨は止んだが、雲は低く垂れ込めたままだった。

半兵衛と半次は、宗助たちに見送られて打物屋『堺屋』を後にした。

「旦那、半次……」

鶴次郎《つるじろう》が、緋牡丹《ひぼたん》の絵柄の半纏《はんてん》を翻《ひるがえ》し、蛇《じゃ》の目《め》傘を手にして駆け寄って来た。

「丁度いい。ちょいと腹拵《はらごしら》えをするか……」

半兵衛は小さく笑った。

蕎麦屋《そばや》は昼飯の客で賑《にぎ》わっていた。

半兵衛は、半次と鶴次郎を伴って入れ込みにあがり、酒と蕎麦を頼んだ。

「へえ、堺屋の旦那、その間、何処で何をしていたんでしょうね」

鶴次郎は、半兵衛の話を聞き終えて眉をひそめた。

「おまけに、自分が誰かも分からなくなっちまって、気の毒な話だぜ」

半次は、宗右衛門に同情した。

「旦那、自分が何処の誰か分からないってのは、本当なんですかねえ」

「私と半次が覗いた時、宗右衛門は眠っていたのだが、鼾に妙な処はなかったよ」

「狸寝入《たぬきねい》りじゃありませんか……」

「うん。尤《もっと》もそいつも妙に気にはなるんだがね」

半兵衛は苦笑し、運ばれた蕎麦をすすった。

「で、これからどうします」

「そいつなんだが、先《ま》ずは不忍池の畔にある料理屋の若松と同業者だ。二人で頼むよ」

半兵衛は、打物屋の寄り合いがあった料理屋『若松』と同業者への聞き込みを指示した。

「承知しました」

半次と鶴次郎は頷いた。

「私は雷門に行ってみるよ」

半兵衛は、宗右衛門が見つかった雷門に行き、足取りを捜してみる事にした。

半兵衛、半次、鶴次郎は、蕎麦を食べ終えて二手に分かれた。

日本橋から両国《りょうごく》に出て、神田川《かんだがわ》に架かっている浅草御門を渡り、蔵前《くらまえ》通りを進むと浅草広小路だ。

半兵衛は浅草御門を渡った。

「あっ、半兵衛の旦那じゃありませんか……」

下っ引の幸吉《こうきち》が、半兵衛に駆け寄って来た。幸吉は、岡っ引の柳橋《やなぎばし》の弥平次《やへいじ》の下っ引であり、船宿『笹舟《ささぶね》』に行く途中だった。

「やあ、達者そうだね幸吉……」

「はい。旦那もお変わりなく。それで、どちらに……」

「うん。ちょいと雷門にね」

「半次の親分と、鶴次郎さんは……」

「聞き込みだよ」

半兵衛は事件を抱え、半次と鶴次郎は聞き込みに駆け廻っている……。

幸吉はそう読んだ。

「旦那、よろしければお手伝い致しましょうか……」

「いいのかい」

「そりゃあもう……」

「助かるよ」

半兵衛は、幸吉に打物屋『堺屋』宗右衛門の事を教えながら雷門に急いだ。


不忍池は鈍色《にびいろ》に広がり、水鳥の鳴き声だけが響いていた。

料理屋『若松』は、不忍池の畔で暖簾を揺らしていた。

半次と鶴次郎は、帳場の框《かまち》に腰掛けて女将《おかみ》と向かい合っていた。

「何しろ、もう十日も前の事ですので、はっきり覚えちゃあいないんですよ」

女将は眉をひそめた。

「宗右衛門旦那がここにいる間、若松に変わった事、なかったですか」

「さあ、お店に変わった事、なかったと思いますが……」

女将は告げた。

「打物屋の旦那たちの他の客に、おかしな者はいませんでしたか……」

半次は尋ねた。

「さあ、おかしなお客さまは別に……」

女将は首を捻《ひね》った。

若い仲居《なかい》が茶を持って来た。

「女将さん……」

「ああ、御苦労だね、おみね……」

女将は、仲居のおみねの持って来た茶を半次と鶴次郎に差し出した。

「どうぞ……」

「こいつはどうも……」

半次と鶴次郎は茶をすすった。

浅草広小路は、金龍山浅草寺《きんりゅうざんせんそうじ》の参拝客や見物客で賑わっていた。

半兵衛と幸吉は、浅草広小路を横切って雷門の風神《ふうじん》像の許に佇《たたず》んだ。

雷門の周りには大勢の人が行き交い、待ち合わせをしている者も多かった。

半兵衛は、風神像の横手に座り込んだ。

行き交う人は、半兵衛を気味悪げに一瞥して囁《ささや》き合った。

「旦那……」

幸吉は戸惑った。

半兵衛は風神像の横手に座り込み、辺りを見廻していた。

「うん。宗右衛門、ここから何か見たのかなと思ってね」

半兵衛は、周囲に連なる商家の二階の窓や屋根を見上げた。

「成る程……」

幸吉は感心したように頷き、半兵衛の隣にしゃがみ込んで周囲を見廻した。

行き交う人々は、風神像の足元に座り込んでいる半兵衛と幸吉に眉をひそめた。

打物屋『柳屋《やなぎや》』は、下谷広小路《したやひろこうじ》に看板を掲げていた。

半次と鶴次郎は、『柳屋』の主の文蔵《ぶんぞう》を訪れ、寄り合いでの宗右衛門に不審な事がなかったかを尋ねた。

「さあ……」

文蔵は眉をひそめた。

「何でもいいんですがね」

「そう云えば宗右衛門さん、機嫌良く酒を飲んでいたのですが、途中から何となく落ち着きをなくしたような……」

文蔵は首を捻った。

「落ち着きをなくした……」

鶴次郎は眉をひそめた。

「ええ。何となくなんですがね」

「何かあったんですかい」

「いいえ。揉《も》め事《ごと》も何もありませんよ……」

「じゃあ、どんな風に落ち着かなかったんですか」

「それが、辺りを見廻したり、若い仲居をじっと見つめたり……」

「旦那、その若い仲居ってのは……」

半次は遮《さえぎ》った。

「名前ですか……」

「ええ。名前、分かりますか」

「確か、おみねだったと思いますが……」

文蔵は、首を捻りながら告げた。

「おみね……」

半次は眉をひそめた。

「ああ。茶を持って来てくれた仲居だぜ」

鶴次郎は頷いた。

打物屋『堺屋』の宗右衛門が落ち着きをなくしたのには、料理屋『若松』の仲居のおみねが絡んでいるのかもしれない。

おみね……。

料理屋『若松』の仲居おみねが、半次と鶴次郎の前に大きく浮かび上がった。

二

金龍山浅草寺雷門前の雑踏は続いていた。

半兵衛と幸吉は、雷門の周囲の店の者たちに聞き込みを続けた。そして、みすぼらしい身なりをした宗右衛門が、吾妻橋《あずまばし》の方から来たのを見た者を探し当てた。

吾妻橋……。

「本所《ほんじょ》か深川《ふかがわ》ですかね」

幸吉は、大川に架かる吾妻橋を眺めた。吾妻橋を渡ると本所であり、深川に続いている。

「それとも、吾妻橋の手前の材木町《ざいもくちょう》、花川戸《はなかわど》、新鳥越《しんとりごえ》、今戸《いまど》かも知れない」

半兵衛は、吾妻橋と浅草寺との間にある町をあげた。

「どちらかに絞り込まなければなりませんね」

幸吉は眉をひそめた。全部を調べるだけの手間暇はない。

「うん。木戸番や橋番に訊いてみよう」

半兵衛と幸吉は、吾妻橋の橋番の許に急いだ。

橋番は、みすぼらしい身なりの宗右衛門が本所から吾妻橋を渡って来るのを見てはいなかった。

橋番が見ていないからと云って、宗右衛門が本所・深川から来なかったとは云いきれない。だが、今はそれを信じて、花川戸、今戸、新鳥越界隈《かいわい》を捜すしかない。


雨が降り始めた。

行き交う人々は慌てて散り、浅草広小路は幾つかの傘が開いた。

半兵衛と幸吉は、雨の中を花川戸町の木戸番屋に急いだ。


木戸番屋は町木戸の傍にあり、自身番と向かい合っている。

木戸番は、町木戸の管理と夜廻りなどが主な仕事であり、昼間は暇な事から草鞋《わらじ》や炭団《たどん》、団扇《うちわ》などの荒物《あらもの》を売っていた。

花川戸町の木戸番の茂平《もへい》は、半兵衛と幸吉に茶を淹《い》れてくれた。

「こいつはすまないね」

半兵衛は、嬉しそうに茶をすすった。

「畏《おそ》れ入ります」

茂平は恐縮した。

雨は降り続き、通りを行く人影が僅かに見えた。

「それで茂平の父っつあん、みすぼらしいなりをした年寄り、見覚えはないかな」

幸吉は尋ねた。

「みすぼらしい年寄りですか……」

「ええ。どうですか……」

「さあねえ、みすぼらしい年寄りは大勢いるからね」

茂平は小さく笑った。

「茂平、その年寄り、かなり疲れていた筈でね。足元が覚束《おぼつか》ない風だったと思うが……」

半兵衛は茶をすすった。

「白縫さま、その年寄り、一人ですか……」

「うん。きっとね……」

半兵衛は頷いた。

「そうですか……」

茂平は眉をひそめた。

「どうかしたかい……」

「いえ。仰《おつしや》られた日だったと思いますが、みすぼらしい姿の年寄りが、町方の若い女と一緒に広小路の方に行きましてね」

「町方の若い女と一緒……」

半兵衛は眉をひそめた。

「へい。何だか妙な組み合わせだと思いましてね。それで覚えていたのですが。年寄り一人だとなると分かりませんねえ」

茂平は首を捻った。

「そうか。で、茂平、お前が見た年寄りと一緒にいた町方の若い女、どんな風だった」

「ごく普通の若い女でしたが……」

「ごく普通の若い女か……」

「へい。ひょっとしたら父娘だったのかも知れません」

「父娘……」

「いえ。かも知れないと云うだけでして……」

茂平は微かに狼狽《うろた》えた。

「その町方の若い女と年寄り、今戸の方から来たのかい」

「へい……」

茂平は頷いた。

半兵衛は、雨の降り続く今戸町への通りを眺めた。

通りは雨に煙《けぶ》り、人影はなかった。


雨は夜になっても止まず、不忍池は雨の波紋に覆《おお》われていた。

鶴次郎は菅笠を被り、赤合羽を着て木立の陰に潜み、料理屋『若松』を見張っていた。

料理屋『若松』は間もなく店仕舞《みせじま》いをする。

鶴次郎は、仕事を終えて出て来る仲居のおみねを待っていた。

「間に合ったようだな……」

半次が、やはり菅笠と赤合羽姿で現れた。

「ああ。もうじき店仕舞いだ。で、どうだった」

半次は鶴次郎と別れ、寄り合いに出た打物屋の主たちに聞き込みを掛け続けて来た。

「駄目だ。柳屋の旦那に聞いた以上の事はなかったぜ」

「そうか……」

「で、おみねの事、何か分かったか」

半次は、菅笠をあげて『若松』を眺めた。

「ああ。歳は二十五。通いの仲居で、家は入谷《いりや》の鬼子母神《きしもじん》の方で独り身だそうだ」

「確かだろうな」

「下足番《げそくばん》の父っつあんに金を握らせた」

鶴次郎は苦笑した。

「おみね、いつから若松に奉公しているんだ」

「一年ほど前からだ」

「一年前か……」

「ああ。若松は老舗《しにせ》で客筋も良いし、給金も結構なんだろうな」

「馬鹿高い酒と料理だ。噂じゃあ、旦那と女将さん、かなり貯め込んでいるって話だぜ」

「一度、客になってみてえもんだ」

鶴次郎は喉を鳴らした。

「落ち着かないだろうな。俺は願い下げた」

半次は苦笑した。

客が女将や仲居に見送られて町駕籠で帰り、下足番の老爺が暖簾を仕舞った。

店仕舞いだ……。

半次と鶴次郎は、おみねが出て来るのを待った。

四半刻（三十分）が過ぎた。

料理屋『若松』の裏手から通いの奉公人たちが出て来た。

奉公人たちは、傘を差したり合羽を着たりして足早に立ち去って行った。その中に、仲居のおみねもいた。

おみねは、小さな風呂敷包みを抱え、傘を差して不忍池の畔を下谷広小路に向かった。

半次と鶴次郎は追った。

おみねは、下谷広小路から山下《やました》に抜けて入谷に向かった。

入谷鬼子母神近く……。

半次と鶴次郎は、雨の夜道を傘を差して行くおみねを尾行した。

入谷・鬼子母神裏の長屋は、降り続く雨に縁《えん》の下《した》まで濡れていた。

おみねは、長屋の木戸を潜って暗い奥の家に入った。

半次と鶴次郎は、木戸の陰に潜んだ。

おみねの入った暗い家に、仄《ほの》かな明かりが灯された。

「家には誰もいなかったか……」

明かりはおみねが灯したのだ。

「うん。どうやら独り暮らしのようだな」

「ああ……」

半次と鶴次郎は見届けた。

雨は霧のように夜空を舞った。


囲炉裏の火は揺れた。

半兵衛は、半次と鶴次郎の湯呑茶碗に酒を満たした。

「こいつは畏れ入ります」

半次と鶴次郎は、美味《うま》そうに酒を飲んだ。

梅雨冷えに縮んだ身体は、染み渡る酒に一気に緩んだ。

「仲居のおみねか……」

半兵衛は酒をすすった。

「ええ。堺屋の宗右衛門旦那、そのおみねを見てから落ち着かなくなったそうでして……」

半次は、打物屋『柳屋』の主の文蔵に聞いた事を告げた。

「おみね、何処に住んでいるんだい」

「入谷鬼子母神の傍の長屋です」

「入谷鬼子母神か……」

入谷鬼子母神から浅草花川戸町は、浅草寺の裏手の道で繋《つな》がっていて遠くはない。

おみねと、みすぼらしい姿をした宗右衛門と一緒にいた町方の女に通じるものはないか。

半兵衛は捜した。

「そいつが何か……」

鶴次郎は眉をひそめた。

「うん。雷門に来るまでの宗右衛門の足取りを捜してね。花川戸の……」

半兵衛は、花川戸町の木戸番屋の茂平に聞いた話を教えた。

「みすぼらしい姿の年寄りと町方の若い女ですか……」

鶴次郎は酒をすすった。

「うん」

「旦那は、そのみすぼらしい姿の年寄りが堺屋の宗右衛門旦那だと……」

半次は眉をひそめた。

「かもしれないとね」

「じゃあ、一緒にいた町方の若い女、おみねですか……」

半次は、半兵衛に探るような眼を向けた。

「そいつが分からなくてね……」

半兵衛は、己の湯呑茶碗に酒を満たした。

囲炉裏の火が爆《は》ぜ、火花が飛び散った。

「いずれにしろ半次と鶴次郎は、引き続きおみねの身辺を探ってくれ。私は宗右衛門の足取りを捜す」

「お一人で大丈夫ですかい」

「弥平次の親分に助太刀《すけだち》を頼んで、明日も幸吉に手伝って貰うよ」

「そいつがいいですね」

「うん……」

降り続く雨の音は激しくなり、冷たい隙間風に囲炉裏の火が揺れた。


雨は夜明け前に止み、久し振りに蒼《あお》い空が広がった。

人々は鬱陶《うっとう》しさから解き放たれ、その声や身体を弾ませた。

柳橋の船宿『笹舟』は、大川から吹き抜ける微風《そよかぜ》に暖簾を揺らしていた。

半兵衛は、岡っ引の弥平次に事情を話して幸吉の助っ人を頼んだ。

「話は幸吉から聞いております。御遠慮なく使ってやって下さい」

弥平次は、半兵衛の頼みを快《こころよ》く聞き入れた。

「そうか、助かるよ」

「それより旦那。あっしも昨夜、堺屋の旦那の事を聞いて驚きましてね。旦那が自分の名前や家族の事を忘れたってのは、本当なんですかね」

弥平次は眉をひそめた。

「私が見た限りではね。だが、本当かどうかは分からない」

半兵衛は苦笑した。

「そうですか……」

「何か気になる事でもあるのかい」

「旦那、堺屋の宗右衛門旦那、婿《むこ》養子なのをご存知ですか」

「婿養子……」

半兵衛は戸惑った。

「はい。お内儀さん、堺屋の一人娘でしてね。若い頃に呉服屋の倅を婿に取ったんですが、すぐに病で亡くしましてね。それで、手代だった旦那を婿にしたそうですよ」

「そうだったのか……」

打物屋『堺屋』の主の宗右衛門は、手代あがりの婿だった。

半兵衛は、『堺屋』の内情に眼を付けた弥平次に感心し、己の迂闊《うかつ》さを恥じた。

「今度の一件、その辺に関わりがあるかもしれないな」

半兵衛は睨《にら》んだ。

「そこまではどうですか……」

弥平次は首を捻った。

「いや。宗右衛門の昔を探ってみるべきだったよ」

半兵衛は悔やんだ。

「でしたら旦那、あっしが……」

「頼めるかな」

「はい。お任せを……」

弥平次は頷いた。

「親分……」

幸吉が廊下に現れた。

「おう。入ってくれ」

「はい。半兵衛の旦那……」

幸吉は襖《ふすま》の傍に控え、半兵衛に挨拶をした。

「昨日は世話になったね」

「いいえ……」

「幸吉、しばらくの間、半兵衛の旦那のお手伝いをしな」

弥平次は幸吉に命じた。

「承知しました。半兵衛の旦那、よろしくお願いします」

幸吉は、緊張した面持ちで半兵衛に挨拶をした。

「幸吉、よろしく頼むのは私の方だよ」

半兵衛は微笑《ほほえ》んだ。

大川からの風が涼やかに吹き抜けた。


入谷鬼子母神の境内《けいだい》には木洩《こも》れ日《び》が煌《きら》めいていた。

長屋は朝の忙しい時も過ぎ、静けさが訪れていた。

おみねは、長屋のおかみさんたちと一緒に洗濯をし、家の掃除を終えた。

鶴次郎は、木戸に潜んで見守った。

半次が聞き込みから戻って来た。

「どうだった」

「うん。自身番の連中によれば、おみねは一年ほど前にこの長屋に越して来ていたぜ」

「一年前……」

「ああ」

「請人《うけにん》は誰だ」

「そいつが若松の旦那だよ」

「若松の旦那……」

「ああ。若松に奉公するのを決めて、旦那に長屋を借りる請人になって貰ったんだぜ」

半次は睨んだ。

「きっとな……」

鶴次郎は眉をひそめた。

「どうかしたか……」

「う、うん。何でも若松が中心なのがな」

「気になるか……」

「うん。で、おみねは最初から一人暮らしなのか」

「ああ。自身番の届けじゃあそうなっている」

「本当の事は分からないか……」

奥の家からおみねが出て来た。

半次と鶴次郎は、木戸の陰に潜んだ。

おみねは、長屋を出て鬼子母神に向かった。

「若松だな……」

鶴次郎は睨んだ。

「きっとな。よし、俺が追う。鶴次郎はおみねの身辺を探ってくれ」

「承知……」

半次は、おみねを追って長屋を出て行った。

鶴次郎は、木戸の陰から出て手足を伸ばした。

金魚売りの声が長閑《のどか》に響いた。

浅草花川戸町から北に続く道は、聖天町《しょうでんちょう》で二股に分かれていた。右手の道は今戸町から橋場町《はしばまち》に行き、左手の道は新鳥越から小塚原町《こづかはらまち》や千住大橋《せんじゅおおはし》に続いていた。

半兵衛と幸吉は、今戸町から橋場町に続く道に宗右衛門の足取りを捜した。だが、足取りを見つける事は出来なかった。

「骨折り損の草臥《くたび》れ儲《もう》けですか……」

幸吉は吐息を洩らした。

「なあに、これで新鳥越の通りに絞れる訳だ」

半兵衛は笑った。

「そりゃあそうですね」

幸吉は、釣られるように笑った。

「ああ。幸吉、探索に焦りは禁物《きんもつ》だよ」

半兵衛は、笑顔の中に厳しさを過《よ》ぎらせた。

「はい。肝《きも》に銘じて……」

幸吉は頷いた。

半兵衛と幸吉は、浅草聖天町に戻り、新鳥越町の通りに向かった。

晴れた日の聞き込みは、鬱陶しい雨の日とは違って足取りは軽かった。


不忍池は眩《まぶ》しく輝き、畔には散歩を楽しむ人々が行き交っていた。

料理屋『若松』は、昼の開店の仕度《したく》に忙しかった。

おみねは、入谷の長屋から真っ直ぐに料理屋『若松』に来た。

半次は、料理屋『若松』の出入り口が見通せる茶店から見張りを始めた。

下足番の老爺が表を掃除し、女将が盛り塩をして暖簾を掲げた。

半次は、茶店の奥に陣取り、おみねの動きに眼を光らせた。

鶴次郎は、長屋のおかみさんや出入りしている商人・物売りにそれとなく聞き込みを掛けた。

おみねの一人暮らしは確かであり、訪れる者も滅多にいなかった。そして、鶴次郎はおみねの過去を誰も知らないのに気付いた。

それは、おみね自身が語らないからに他ならないのだ。

おみねは、己の過去を隠しているのか……。

鶴次郎は疑念を抱いた。

もし、そうなら何故なのか……。

疑念は募った。


山谷堀《さんやぼり》には荷船が行き交っていた。

半兵衛と幸吉は、山谷堀に架かる山谷橋を渡り、新鳥越町一丁目の自身番や木戸番屋に聞き込みを続けた。だが、宗右衛門の足取りは分からなかった。半兵衛と幸吉は、新鳥越町から山谷町に進んだ。

山谷町を過ぎてから道の左右には田畑の緑が広がり、公儀の仕置場である小塚原刑場があった。そして、仕置場を過ぎると小塚原町となり、その先に隅田川《すみだがわ》五橋の中で最も古い千住大橋がある。

半兵衛と幸吉の聞き込みは、何の成果も得られなかった。

「こっちでもないようだな……」

半兵衛は苦笑した。

「旦那、日本堤《にほんづつみ》はどうでしょう」

幸吉は身を乗り出した。

「日本堤か……」

「はい。日本堤にも僅《わず》かですが町はあります」

幸吉は頷いた。

日本堤は山谷堀沿いの土手道であり、新吉原の前を通って下谷の三ノ輪町《みのわちょう》に続いている。

「よし。腹拵《はらごしら》えをして日本堤に行ってみよう」

半兵衛と幸吉は、一膳飯屋の暖簾を潜った。

一膳飯屋は昼飯の客で賑わっていた。

半兵衛と幸吉は、片隅に座って酒と飯を注文した。

「で、あの爺さん、どうしたんだ」

客の人足たちの話し声が聞こえた。

「そいつが、いつの間にかいなくなっちまったそうだ」

爺さん……。

半兵衛の勘が微かに動いた。

三

一膳飯屋は昼飯時の賑わいに溢《あふ》れていた。

「一日中、ぼんやりと座り込んで、結構な御身分の爺さんだったぜ」

「ああ、手の肉付きも良くて真っ白だ。百姓や人足じゃあねえのは確かだな」

人足たちは、丼飯を食べながら小声で話し続けた。

白く肉付きの良い手をした爺さん……。

半兵衛は、眠っていた宗右衛門の指先の汚れた手を思い浮かべた。

「旦那……」

幸吉は眉をひそめた。

「うん……」

半兵衛と幸吉は、背後にいる人足たちの話を聞いた。

「おまちどおさま」

小女が酒と飯を持って来た。

幸吉は徳利《とっくり》を手にし、半兵衛に差し出した。

「すまないねえ」

半兵衛は猪口《ちょこ》に酒を受け、徳利を取って幸吉に勧めた。

「こいつは畏れ入ります」

半兵衛と幸吉は酒をすすり、人足たちの話に聞き耳をたてた。

「それにしても爺さん、何処に行っちまったのか……」

「さあな……」

人足たちは昼飯を食べ終え、金を払って一膳飯屋を出た。

「旦那……」

「うん。先に行ってくれ」

「承知……」

幸吉は、人足たちを素早く追った。

半兵衛は、小女に金を払って一膳飯屋を出た。

新鳥越町の通りに出た半兵衛は、幸吉の姿を捜した。

幸吉は、山谷堀に架かる山谷橋に向かっていた。

幸吉の先に人足たちがいる……。

半兵衛と幸吉は、人足たちの行方を突き止めようとした。

人足たちが話していた〝爺さん〟が、『堺屋』の宗右衛門だと云う確かな証《あかし》はない。だが、何の手掛かりもない半兵衛と幸吉は、微かな望みに掛けるしかなかった。


山谷橋を渡った人足たちは、橋の袂《たもと》にある問屋場《といやば》に入った。

幸吉は、山谷橋の袂から見届けた。

「問屋場に入ったか……」

背後から半兵衛がやって来た。

「はい。きっと荷揚《にあ》げ人足ですぜ……」

「うん。もし、宗右衛門がこの問屋場にいたとしたら、どうしてかだな」

半兵衛は眉をひそめた。

「はい……」

「よし。とにかく探ってみよう」

半兵衛と幸吉は、問屋場に対する聞き込みを始めた。

昼飯時、料理屋『若松』には客が訪れ、仲居のおみねは出迎えや見送りに忙しかった。

半次は、茶店の奥から『若松』を見張り続けた。

昼飯時が過ぎ、客は途絶えた。

下足番の老爺は、腰掛で煙管《きせる》を燻《くゆ》らして店の中に入った。

寛永寺《かんえいじ》の八つ刻（午後二時）の鐘が不忍池に響き渡り、辺りは静けさに覆われた。

派手な半纏を纏《まと》った男がやって来て、料理屋『若松』を窺った。

半次は眉をひそめた。

派手な半纏を纏った男は、『若松』の傍の木立の陰に佇んだ。そして、『若松』の裏手からおみねが現れ、派手な半纏を着た男に駆け寄った。

半次は喉を鳴らした。

派手な半纏を纏った男は、厳しい面持ちでおみねに何事かを告げた。おみねは怯《おび》えたように首を横に振り、短く言葉を交わして『若松』の裏手に小走りに戻って行った。

派手な半纏を纏った男は、薄笑いを浮かべておみねを見送り、不忍池の畔を下谷広小路に向かった。

半次は、茶店を出て派手な半纏を纏った男を追った。

何処の誰だ……。

おみねとどんな関わりがあるんだ……。

半次は追った。

不忍池に風が吹き抜け、水面に小波が走った。


おみねは、日本橋小舟町《こぶなちよう》三丁目の長助《ちようすけ》長屋から入谷鬼子母神の傍の長屋に引っ越して来ていた。

鶴次郎は、入谷の自身番でそれを聞き、日本橋小舟町に急いだ。

下谷広小路から神田川に出て、内神田お玉《たま》ヶ池《いけ》の傍を抜け、神田堀に向かった。

おみねの過去は、打物屋『堺屋』宗右衛門の一件と関わりがあるのかもしれない……。

鶴次郎は、おみねの過去を突き止めようとしていた。

神田堀を渡り、伝馬町《てんまちょう》牢屋敷の傍を過ぎると小舟町は近い。

鶴次郎は先を急いだ。


日本橋の通三丁目の打物屋『堺屋』は繁盛していた。

柳橋の弥平次は、托鉢坊主《たくはつぼうず》の雲海坊《うんかいぼう》に宗右衛門が奉公人だった頃の事を探らせた。

宗右衛門は婿に入り、安吉《やすきち》と云う名を『堺屋』の主として代々続いている〝宗右衛門〟に変えていた。

雲海坊は、安吉と云う名の頃の宗右衛門の素行《そこう》を調べた。

雲海坊は、元『堺屋』の番頭だった老爺を訪ねた。老爺は、木挽町《こびきちょう》で倅一家と暮らしていた。

雲海坊は、老爺を近くの蕎麦屋に誘った。

老爺は、久し振りに訪れた客に喜び、雲海坊と向かい合った。

雲海坊は、老爺に酒を勧めた。老爺は嬉しげに酒をすすった。

「堺屋の今の旦那さまですか……」

「ええ。若い頃、どんな方だったか覚えていますかね」

「そりゃあもう。安吉は、いつかは自分の店を持ちたいと願う真面目な働き者でしたよ」

老爺は酒をすすり、懐かしそうに昔を思い出した。

「それだけに先代の旦那さまも目を掛け、可愛がっていましてね」

「安吉さん、遊びはまったくやらなかったんですかい」

雲海坊は、老爺の猪口に酒を満たした。

「そうだなあ。酒を少し飲むぐらいで、息抜きに時々、女郎屋には遊びに行っていたようだったね」

「博奕《ばくち》は……」

「滅相《めっそう》もない話だったよ。うん」

老爺は、自分の言葉に頷いた。

「女の方は……」

雲海坊は手酌《てじゃく》で酒を飲んだ。

「そいつが、一度だけ店に若い女が安吉を訪ねて来た事があってね。仲間の手代や小僧に冷やかされていた事があったなあ……」

「どんな女でした」

「どんなって、確か何処かの茶店女だと聞いたと思ったが……」

「詳しく覚えていませんか……」

「ええ。同じ手代仲間の彦八なら知っていると思うが……」

老爺は、歯の抜けた口で板山葵《いたわさ》を食べながら酒をすすった。

「彦八さんって、今は堺屋の番頭の……」

「うん。儂《わし》の後に番頭になってね……」

宗右衛門が安吉と云う名の手代の頃の事は、番頭の彦八が一番良く知っているのかもしれない。

雲海坊は、『堺屋』の番頭の彦八に逢う事にした。

山谷橋の袂、浅草山川町《やまかわちょう》の問屋場『萬屋《よろずや》』は、山谷堀や隅田川を下って来る米や野菜などの荷下ろしをしていた。

半兵衛と幸吉は、問屋場『萬屋』を調べた。

問屋場『萬屋』は、伊佐吉《いさきち》と云う名の番頭が仕切っており、主の惣兵衛《そうべえ》が店に現れる事は滅多になかった。

「旦那の惣兵衛、殆ど店に出ていない……」

半兵衛は戸惑いを浮かべた。

「はい。番頭の伊佐吉が仕切っていて、旦那の惣兵衛は根岸《ねぎし》の方にいるとか……」

「根岸ねえ……」

「ええ。それから抱えている人足は四、五人だそうでしてね。余り繁盛しちゃあいないようです」

「だろうな……」

半兵衛は眉をひそめた。

店に出て来ないやる気のない主で、商いが上手《うま》く行くはずはない。

『萬屋』惣兵衛とは、どんな男なのか……。

半兵衛は思いを巡らせた。

儲からなくてもいい……。

惣兵衛は、問屋場『萬屋』の商いをそうみているのかも知れない。

だとしたら何故だ……。

半兵衛は、問屋場『萬屋』と主の惣兵衛に不審なものを感じた。

「幸吉、萬屋を詳しく探ってみてくれ」

半兵衛は、厳しい面持ちで幸吉に命じた。

「承知しました」

幸吉は、緊張した面持ちで頷いた。

「幸吉……」

半兵衛は、やって来た派手な半纏を纏った男を幸吉に示し、物陰に潜んだ。

派手な半纏を纏った男は、問屋場『萬屋』に足早に入って行った。

幸吉は、派手な半纏を纏った男の背後を来た半次に気が付いた。

「旦那、半次の親分です……」

幸吉は眉をひそめた。

「半次が追って来た処をみると、やはり只の問屋場じゃあないようだ」

半兵衛は苦笑した。

「はい。じゃあ……」

幸吉は、半次の許に駆け寄った。

半次は、半兵衛と幸吉に派手な半纏を纏った男を追って来た理由を告げた。

「そうか、おみねとね……」

おみねと問屋場『萬屋』には、何らかの関わりがある……。

半兵衛は睨んだ。

「旦那。でしたら、みすぼらしいなりをした年寄りが宗右衛門旦那で、一緒にいた町方の女、やっぱりおみねかもしれませんね」

幸吉は読んだ。

「うん……」

打物屋『堺屋』の宗右衛門の一件に、ようやく手掛かりらしきものが浮かんだ。

日本橋小舟町の長助長屋は、西堀留川《にしほりどめがわ》に架かる荒布橋《あらめばし》の近くにあった。

鶴次郎は、長助長屋の大家を訪れ、おみねについて尋ねた。

おみねは、長助長屋で三年ほど一人暮らしをし、入谷の鬼子母神近くの長屋に引っ越していた。

「長助長屋で暮らしていた三年の間、何か変わった事はありませんでしたか」

鶴次郎は、長助長屋の大家に尋ねた。

「変わった事ねえ……」

「ええ。おみねの事でも長屋の事でも何でもいいんですがね」

「別にこれと云ってなかったと思うが……」

大家は眉をひそめた。

「そうですか……」

「いや。待てよ。そう云えば、おみねが通い奉公していた室町《むろまち》の米屋、盗人《ぬすっと》の押し込みに遭《あ》ったな……」

「盗人の押し込み……」

「ああ。それでおみね、米屋の奉公を辞めて引っ越したんだよ」

おみねは、奉公先の米屋が盗賊に押し込まれた後、店を辞めて入谷に引っ越していた。

「そうですか。それで大家さん、おみね、此処で暮らす前は、何処にいたか分かりますか」

「ああ。それなら昔の人別帳《にんべつちょう》に書いてあるはずだが……」

「すみませんが、そいつを調べて貰えませんか……」

鶴次郎は頼んだ。


日が暮れた。

打物屋『堺屋』は暖簾を仕舞い、大戸を下ろしてその日の商いを終えた。

番頭の彦八は、若旦那の宗助と帳簿を付け、商いの打ち合わせを済ませて『堺屋』を出た。

雲海坊は、『堺屋』から出て来た彦八を追った。

彦八は、『堺屋』から神田三河町《みかわちょう》の仕舞屋《しもたや》を買い与えられ、女房子供と暮らしていた。

日本橋の通りは、仕事を終えて帰る人々が行き交っていた。

彦八は日本橋を渡り、日本橋通りを進んだ。

雲海坊は追った。

彦八は、今川橋から神田堀沿いの道に入り、鎌倉河岸《かまくらがし》に向かった。

「彦八さん……」

雲海坊は彦八を呼び止めた。

彦八は振り返り、雲海坊に怪訝《けげん》な眼差しを向けた。

「手前は、北の御番所の白縫半兵衛さまの配下の雲海坊と申します」

雲海坊は己の素性《すじょう》を明かした。

「は、はい。左様にございますか……」

彦八は、戸惑いながら頷いた。

「内々でお伺いしたい事がありましてね。ちょいと、お付き合い願います」

雲海坊は微笑みを浮かべ、その中に厳しさを過ぎらせた。

「は、はあ……」

彦八は喉を鳴らした。


雲海坊は、彦八を伴って小料理屋の暖簾を潜った。

小料理屋の板前と女将の夫婦は、弥平次の世話になった事があり、雲海坊の素性も良く知っていた。

板前と女将は、雲海坊が彦八を連れて来た理由に気付き、小座敷に案内した。

「すみませんね」

他人に聞かれたくない話であり、托鉢坊主姿の雲海坊が、おおっぴらに酒を飲む訳にはいかない。

雲海坊は、板前と女将の気遣いに目顔で礼を告げた。

女将は、手早く酒や肴《さかな》の仕度をした。

「いきなり呼び止めて申し訳ありません。ま、一杯どうぞ」

雲海坊は、彦八に酒を勧めた。

「畏れ入ります」

彦八は、他の客の目の届かない小座敷なので安心したのか、嬉しげに猪口を差し出した。

雲海坊は、彦八の猪口を満たし、手酌で酒を注いだ。

「じゃあ……」

「戴きます」

雲海坊と彦八は酒を飲んだ。

「それで雲海坊さん、手前に聞きたい事とは何でしょうか……」

彦八は、心配げに眉をひそめた。

「はい。宗右衛門旦那の具合は如何ですか」

雲海坊はいきなり訊いた。

「は、はい。相変わらず自分が誰かも思い出さず、うとうとしていらっしゃるようです」

彦八は酒をすすった。

「お気の毒に……」

雲海坊は、彦八の猪口に酒を満たした。

「畏れ入ります」

彦八は律儀に礼を云った。

「処《とこ》で番頭さん、旦那の宗右衛門さまとは手代仲間だったとか……」

雲海坊は何気なく尋ねた。

「はい……」

彦八の顔に緊張が滲《にじ》んだ。

「手代の安吉さんが、堺屋に婿として入る時、女がいたと聞きましたが……」

雲海坊は、笑みを浮かべながら彦八を見据えた。

「女……」

彦八に怯《おび》えが過ぎった。

「ええ。何でも茶店に奉公している女だと聞きましたが……」

雲海坊の彦八を見据える眼は、笑みを浮かべたままだった。

彦八は、雲海坊がそれなりに知っているのに気付き、猪口を置いた。

「はい。旦那さま、いえ、手代の頃の安吉は、神田明神門前の茶店に奉公していた娘と付き合っていました」

彦八は覚悟を決めた。

「名前は……」

「確かおまちと……」

「おまちですか……」

「はい……」

彦八は、置いた猪口に手酌で酒を満たして飲んだ。雲海坊は、主の過去を喋った彦八の微かな悔やみを見た。

手代の安吉は、打物屋『堺屋』の後家《ごけ》の婿になる時、神田明神門前の茶店に奉公しているおまちと云う娘と付き合っていた。

「で、安吉さんが堺屋の婿になり、おまちをどうしたんですか……」

「別れました」

「別れた……」

「はい。婿になると決まってすぐに……」

「おまち、素直に納得したんですか」

「それは……」

彦八は、言葉を濁して酒を飲んだ。

おまちは、納得して安吉と別れた訳ではないのだ……。

雲海坊は知った。

「それで、おまちは安吉さんと別れた後、どうしたんですか……」

雲海坊は、彦八の猪口に酒を満たした。

「しばらくは、茶店に奉公をしていたようですが、いつの間にか……」

「いなくなりましたか……」

「はい」

彦八は頷き、猪口の酒を呷《あお》った。

『堺屋』に婿入りして宗右衛門となった安吉は、おそらくおまちの始末を手代仲間だった彦八に頼んだ。そして、彦八は安吉に頼まれるままに動いたのだ。

雲海坊はそう読んだ。

「おまちが何処に行ったのかは……」

「分かりません」

「捜さなかったのですか……」

雲海坊は眉をひそめた。

「はい……」

彦八は頷き、猪口の酒を呷った。

潮時だ……。

雲海坊は、彦八に酒を勧めて自分も飲んだ。

店から酔客の賑やかな笑い声があがった。

彦八は酒に酔った。

雲海坊は、酔った彦八を三河町の家に送った。

雨が降り始めた。

梅雨の晴れ間は一日で終わった。

四

雨は組屋敷の屋根を鳴らし始めた。

「室町の米屋に通い奉公をしていて、押し込みがあった後に辞めたか……」

半兵衛は眉をひそめた。

「はい。そして、不忍池の若松の仲居になり、入谷の長屋に引っ越したとか……」

鶴次郎は告げた。

「そうか……」

「気になりますね」

「うん。明日、押し込んだ盗賊が何者か調べてみるよ」

「はい。で、宗右衛門旦那の足取り、何か分かりましたか……」

「まだ、はっきりはしないんだが……」

半兵衛は、おみねが山谷橋の袂の問屋場と何らかの関わりがありそうなのを教えた。

「それで、半次と幸吉が見張り、探りを入れているよ」

「旦那、ひょっとしたら宗右衛門旦那の一件の裏には、盗賊が……」

鶴次郎は眉をひそめた。

「絡んでいるかもしれないね……」

半兵衛は頷いた。

屋根を鳴らす雨は、次第に本降りになっていた。


北町奉行所の中庭に咲く紫陽花《あじさい》は、降り続く雨に濡れていた。

半兵衛は、日本橋室町の米屋の盗賊の押し込みを調べた。押し込みは一年ほど前、おみねが入谷の長屋に引っ越す直前に行われていた。

当時の月番《つきばん》の南町奉行所は、米屋に押し込んだ盗賊が隙間風《すきまかぜ》の金蔵《きんぞう》だと突き止めた。だが、隙間風の金蔵一味は、南町奉行所の探索の手を逃れて闇の彼方《かなた》に消え去った。

盗賊・隙間風の金蔵……。

その隙間風の金蔵が、宗右衛門の一件にどう絡んでいると云うのだ。

半兵衛は吐息を洩らした。

雨の降る鬱陶しい一日が始まった。

「白縫さま……」

赤合羽を着た小者が、半兵衛のいる同心詰所にやって来た。

「なんだい」

「柳橋の弥平次親分がお見えになっています」

「弥平次の親分が……」

「はい。表門脇の腰掛に……」

「通してくれ」

「はい……」

小者は表門に戻って行った。

半兵衛は茶を淹れ始めた。


「こいつは畏れ入ります」

柳橋の弥平次は、半兵衛の差し出した茶を両手に取った。

「いや、同心詰所の安茶だよ。それで何か分かったのかい」

半兵衛は茶をすすった。

「はい。堺屋の宗右衛門旦那ですが……」

弥平次は、雲海坊が調べて来た事を半兵衛に告げた。

「婿入りする前の女か……」

半兵衛は眉をひそめた。

「ええ。おまちと云いましてね。神田明神門前の茶店に奉公していたそうですが、いつの間にかいなくなったとか……」

「宗右衛門は六十歳。となると、そのおまちは五十も半ばぐらいかな」

「きっと……」

弥平次は頷いた。

「謹厳実直な宗右衛門も、若い頃にはいろいろあったわけだ」

「ええ。おまちの行方は、雲海坊が追っています」

「行方、分かるといいのだが……」

「それで、旦那の方は……」

「うん。それなのだが親分、隙間風の金蔵って盗賊を知っているね」

半兵衛は小さく笑った。

「はい。一年ほど前、室町の米屋に押し込んだ盗賊でして、あっしたちも追ったんですが逃げられましてね……」

弥平次は、微かに口惜しさを過ぎらせた。

「その隙間風の金蔵、また現れるかもしれないよ」

「旦那……」

弥平次は眉をひそめた。

「実はね……」

半兵衛は、おみねが室町の米屋に奉公していて、隙間風の金蔵の押し込んだ直後に辞めた事を教えた。

「おみねが……」

弥平次は緊張を過《よ》ぎらせた。

「うん。おみね、金蔵と関わりがあると思うかい」

「ええ。ひょっとしたら盗賊の手引役かもしれません」

「もしそうだとしたら、隙間風の金蔵一味が次に狙っている獲物は、料理屋の若松かもしれない」

半兵衛は睨んだ。

「はい……」

弥平次は、喉を鳴らして頷いた。

「それにしても堺屋宗右衛門、どうして昔の事を忘れてしまったのか……」
半兵衛は、冷たくなった出涸《でが》らし茶をすすった。

入谷鬼子母神の境内には、雨の降る音だけが静かに響いていた。
長屋を出たおみねは、青い蛇の目傘を差して不忍池に向かった。
赤合羽を着た鶴次郎が、木戸の陰から現れておみねを追った。
雨の降る往来《おうらい》に行き交う人は少なかった。
おみねは、青い蛇の目傘を揺らして不忍池の畔を進んだ。
行き先は、料理屋『若松』なのだ。
鶴次郎は、菅笠を目深に被って追った。
雨は木々の葉を揺らし、不忍池の水面に波紋を重ねていた。

山谷堀は降る雨に霞《かす》んでいた。
山谷橋の向こうに見える問屋場『萬屋』は、大戸を閉めて仕事をする気配はなかった。
半次と幸吉は、山谷橋の袂の荒物屋の納屋《なや》を借り、格子窓から『萬屋』を見張った。

「人足殺すに刃物はいらぬ、雨の三日も降ればいいか……」

幸吉は、降り続く雨を恨めしげに見上げた。

「ああ。日雇い人足も辛《つら》い稼業だよ」

半次は眉をひそめた。

「ええ……」

幸吉は、納屋の格子窓から『萬屋』を見張り続けた。

派手な半纏を着た男が、問屋場『萬屋』から出て来て傘を差し、続いて出て来る者を待った。『萬屋』の潜り戸から、羽織を着た痩《や》せた中年男が出て来た。派手な半纏を着た男が、痩《や》せた中年男に傘を差し掛けた。

「痩せた野郎が番頭の伊佐吉だろうな」

「ええ……」

半次と幸吉は、赤合羽を纏って菅笠を被り、出掛ける仕度をした。

問屋場『萬屋』の番頭伊佐吉は、派手な半纏を着た男の差し出した傘に入り、山谷橋の船着場に降りた。

「舟だ……」

「勇次を呼んでおきゃあ良かった」

　幸吉は、弥平次の手先を務める船頭の勇次を呼んでなかったのを悔やんだ。

番頭の伊佐吉と派手な半纏を着た男は、船着場に繋いであった屋根船に乗り込んだ。

屋根船は、山谷堀を新吉原に向かって進み始めた。

「助かったぜ……」

半次は小さく笑った。

「まったくです」

幸吉は胸を撫で下ろした。

半次と幸吉は、山谷堀を行く屋根船を追って日本堤を進んだ。

山谷堀から隅田川に出られると、舟がない限り追跡は無理だ。しかし、反対側の新吉原や下谷三ノ輪に向かうのは、山谷堀を真っ直ぐに進むだけであり、日本堤を行けばいい。半次と幸吉は、山谷堀を行く屋根船を追って日本堤を進んだ。

「根岸に行くんですかね……」

幸吉は睨んだ。

「きっとな……」

山谷堀を進み、下谷三ノ輪を抜けて尚も行くと根岸の里になる。根岸の里には、問屋場『萬屋』の旦那の惣兵衛の家がある。

半次と幸吉は、番頭の伊佐吉と派手な半纏を着た男の行き先を読んだ。

屋根船は、新吉原の前を通り過ぎて尚も進んだ。

半次と幸吉は、菅笠と赤合羽を雨に濡らして追った。


神田明神は降る雨に参拝客を減らしていた。

雲海坊は、門前の茶店の縁台に腰掛けて茶を飲んでいた。他に客はいなく、茶店の老夫婦と奉公人の娘も暇を持て余していた。

老亭主は店先に佇み、降る雨を見上げて小さく吐息を洩らした。

「父っつあん、昔、此処におまちって娘さんが奉公していたね」

雲海坊は茶をすすった。

「おまち……」

老亭主は白髪眉をひそめた。

「ええ。もう二十年以上も昔の事だが……」

「いましたよ。おまち……」

老亭主は、おまちを覚えていた。

「おまち、どうして此処を辞めたか知っているかな」

「知っているも何も、気の毒な話だよ」

老亭主は知っていた。

「詳しく教えてくれないかな」

雲海坊は頼んだ。

「お坊さん……」

老亭主は、雲海坊に警戒の眼を向けた。

「あっしは、柳橋の弥平次親分の身内でね」

雲海坊は囁いた。

「柳橋の親分さんの身内……」

「雲海坊って者だ」

神田明神と柳橋は近い。茶店の老亭主は、弥平次を知っていた。

「おまちは、打物屋の手代と言い交わした仲だったんだが、その手代に婿入り話が持ち上がってね」

「棄《す》てられたのかい……」

「ああ。相手は後家と云っても家付き娘。敵《かな》いやしないさ。おまち、身籠《みごも》っていたってのに薄情なもんだぜ」

老亭主は微かな怒りを滲ませた。

「身籠っていた……」

雲海坊は驚いた。

「ああ。それで段々腹が大きくなって此処を辞めたんだが、可愛い女の赤ん坊が生まれたそうだよ」

老亭主は眼を細めた。

「女の赤ん坊……」

雲海坊は眉をひそめた。

「ああ……」

「それで、おまちはどうしたんだい」

「さあ、行商人と一緒になったとか、風の便りにいろいろ聞いたが、その内、病で死んだと聞いたよ」

「死んだ……」

雲海坊は呆然《ぼうぜん》と呟《つぶや》いた。

「ああ。哀れな話だ」

老亭主は鼻水をすすった。

「子供は、おまちの女の子供はどうしたんだ」

「さあな……」

老亭主は、哀しげに首を横に振った。

「じゃあ、女の子供の名前は……」

「そいつも知らないいな……」

「そうか……」

雨は冷たく降り続き、神田明神の境内から参拝客の姿は消えていた。


根岸の里は雨に濡れていた。

伊佐吉と派手な半纏を着た男は、屋根船を降りて時雨《しぐれ》の岡・御行《おぎょう》の松を抜け、根岸の里に入った。

根岸の里は上野の山陰にあり、風雅の趣《おもむき》が強くて文人墨客《ぶんじんぼっかく》に好まれ、鶯《うぐいす》の名所でもあった。

伊佐吉と派手な半纏を着た男は、小川沿いにある寮の木戸門を潜った。

半次と幸吉は、木陰に潜んで見届けた。

「萬屋の主惣兵衛の家ですかね」

幸吉は眉をひそめた。

「きっとな……」

半次は頷いた。

「どんな奴が住んでいるのか聞き込んで来ますぜ」

「頼む」

幸吉は、半次を残して立ち去った。

小川の向こうの田畑は雨に濡れ、鮮やかな緑を広げていた。


雨は止み、大川は五月雨《さみだれ》雲に覆われた。

柳橋の船宿『笹舟』は、船遊びや釣りをする客もなく静かだった。

半兵衛と弥平次は、托鉢坊主の雲海坊の報告を聞いた。

「おまちは、手代の安吉、つまり堺屋宗右衛門の子を生んでいたか……」

半兵衛は唸った。

「はい……」

雲海坊は頷いた。

「その子がおみねなのかもしれませんね……」

弥平次は眉をひそめた。

「うん……」

半兵衛は頷いた。

「そして、そいつを宗右衛門旦那が知ったらどうなりますかね」

雲海坊は先を読もうとした。

「昔、棄てた女の産んだ我が子か……」

半兵衛は、宗右衛門の驚きと困惑を思い浮かべた。

宗右衛門は、仲居のおみねがおまちの子であり、我が子なのかを確かめようとしたのに違いない。

そして、宗右衛門はどうしたのだ……。

半兵衛は吐息を洩らした。

「半兵衛の旦那……」

弥平次は、半兵衛の指示を仰いだ。

「うん。親分、雲海坊。おみねに逢うしかあるまい」

半兵衛は小さく笑った。

「はい……」

弥平次と雲海坊は頷いた。

半兵衛は、弥平次や雲海坊と不忍池の畔にある料理屋『若松』に向かった。

雨の止んだ町では、その間に用を片付けようとする人々が忙しく往来していた。


五月雨雲の隙間から差し込む陽差しは、雨に濡れた田畑の緑を煌めかせた。

半次は木陰から寮を見張った。

「半次の親分……」

幸吉が戻って来た。

「おう。御苦労さん、何か分かったか……」

「はい。この寮には、やっぱり萬屋の主の惣兵衛とおときって大年増の妾《めかけ》が住んでいましたよ」

「惣兵衛と妾のおときか……」

半次は頷いた。

「それから派手な半纏を着た野郎ですが、富吉《とみきち》って名前らしいですよ」

「富吉……」

「はい。時々、来ているようです」

富吉は惣兵衛の使いをしている……。

半次は、惣兵衛たちの素性が気になった。

「親分。惣兵衛、本当に問屋場の旦那なんですかね」

幸吉は眉をひそめた。

「いや。とてもそうは見えないな」

「ええ。じゃあ……」

「番頭の伊佐吉と富吉の動きは、まるで盗人紛《まが》いだ」

「親分もそう思いますか……」

幸吉は身を乗り出した。

「うん。幸吉、ここは俺が引き受けた。お前は半兵衛の旦那の処に一《ひと》っ走《ぱし》りして、此処の事を報《しら》せ、一件がどうなっているか聞いて来てくれ」

「承知しました。じゃあ……」

幸吉は、木陰から出て下谷に向かった。

半次は見送り、惣兵衛の寮の見張りを続けた。


不忍池には小鳥の囀《さえず》りが響いていた。

半兵衛は、弥平次や雲海坊と料理屋『若松』に向かった。

料理屋『若松』の斜向《はすむ》かいの茶店に鶴次郎がいた。

「旦那、弥平次の親分……」

鶴次郎は、半兵衛、弥平次、雲海坊に駆け寄った。

「鶴次郎、おみねは……」

半兵衛は尋ねた。

「若松にいますぜ」

鶴次郎は眉をひそめた。

「よし。雲海坊、鶴次郎に詳しい事を話してくれ。私と弥平次はおみねに逢って来る」

「承知しました」

半兵衛と弥平次は、茶店に鶴次郎と雲海坊を残して料理屋『若松』の暖簾を潜った。

五

料理屋『若松』の女将は、半兵衛と弥平次を座敷に通した。

「女将、酒と肴を見繕《みつくろ》って頼むよ」

「畏《かしこ》まりました」

「それで、仲居はおみねにしてくれ」

弥平次は頼んだ。

「おみねですか……」

女将は戸惑った。

「ああ。ちょいと聞きたい事があってね」

弥平次は、安心させるように微笑んだ。

「聞きたい事……」

「こちらの旦那のお知り合いが、おみねを見初《みそ》めたようでね」

女将に無用な詮索《せんさく》をさせたくない。

「造作を掛けるね」

半兵衛は笑った。

「それはそれは。分かりました。それでは……」

女将は座敷を出て行った。

僅かな刻が過ぎ、仲居が酒と料理を運んで来た。おみねだった。

「お待たせ致しました」

おみねは、半兵衛と弥平次に料理を出して徳利を手にした。

「どうぞ……」

おみねは、半兵衛と弥平次に酒を注いだ。

「お前さん、おみねさんだね」

弥平次は、酒をすすりながら微笑み掛けた。

「は、はい……」

おみねは戸惑った。

「こちらは北の御番所の白縫半兵衛さまで、私はお手伝いをしている弥平次って者だよ」

「はあ……」

弥平次は、半兵衛と己を紹介した。

おみねは不安を過ぎらせた。

「おみね、お前の母親はおまち、父親は堺屋の宗右衛門だね」

半兵衛は、いきなり思いも寄らぬ質問を放った。

おみねは、言葉を失って呆然とした。

半兵衛と弥平次は、おみねがおまちの産んだ宗右衛門の子供だと確信した。

「いえ。私は……」

おみねは我に返り、激しく狼狽えた。

「宗右衛門さまの子供なんかじゃありません」

「おみね。打物屋の寄り合いのあった夜、堺屋宗右衛門は若松に来て、お前がおまちの子だと気が付いた」

半兵衛は、おみねの否定を無視して話を進めた。

「お役人さま……」

おみねの狼狽えに涙が滲んだ。

「そうだね。おみね」

半兵衛は微笑んだ。

おみねは、項垂《うなだ》れて涙を拭った。

「おみね。宗右衛門はお前がおまちの子供だと知っていたのかい」

「いいえ……」

「知らなかったのか」

「はい」

おみねは頷いた。

「仔細、話してくれるかな……」

半兵衛は話を促した。

「あの晩、私は寄り合いでお見えになった宗右衛門さまと初めてお逢いしました。その時、宗右衛門さまは私の顔をみて顔色を変えました……」

宗右衛門は、おみねの顔を見て落ち着きをなくした……。

半兵衛は、打物屋『柳屋』の主の証言が本当なのを知った。

「おみね、お前さん、おっ母さんのおまちに似ているんだね」

「はい。瓜二つだと良く云われました」

半兵衛は笑った。

おみねは頷いた。

「瓜二つねえ……」

「旦那……」

弥平次は吐息を洩らした。

「うん。宗右衛門、おみねを見ておまちだと思い、驚き狼狽えた」

「はい。二十年以上も昔の事です。そりゃあもう……。それで、おみね、宗右衛門さんはお前におまちの子供かと訊いたのかい」

「いいえ。ですが……」

おみねは困惑し、眉をひそめた。

「話してくれないか……」

「はい」

その夜、おみねは仕事を終え、料理屋『若松』を出た。そして、下谷広小路から入谷に向かう時、宗右衛門が尾行《つけ》て来るのに気が付いた。

おみねは驚き戸惑い、恐怖に襲われた。

正体が露見した……。

おみねは焦り、入谷の長屋に帰らず、浅草に向かった。宗右衛門は追って来た。

「浅草は山谷橋の袂の萬屋に行ったんだね」

半兵衛は読んだ。

「はい……」

おみねは頷いた。

「おみね、萬屋の主の惣兵衛、盗賊の隙間風の金蔵だね」

半兵衛は、事も無げに尋ねた。

おみねは、思わず立ち上がろうとした。

半兵衛と弥平次は、素早くおみねを押さえた。

おみねは凍《い》てついた。

「おみね。お前、盗賊隙間風一味の手引役だね」

おみねはその場に崩れた。

「山谷橋の萬屋は、隙間風一味の隠れ家かい」

おみねは、息を荒く鳴らして震えた。

それは、半兵衛たちの睨みが間違っていない証と云えた。

「お前は、宗右衛門に盗賊の正体を見破られたと思い、萬屋に誘い込んだ。そうだね」

半兵衛は念を押した。

おみねは、震えながら頷いた。

宗右衛門は、萬屋の伊佐吉たちに捕らえられた。

何故、おみねを尾行した……。

おみねと伊佐吉は、宗右衛門を土蔵に閉じ込めて責めた。

「おみねさん、お前のおっ母さんは、おまちって名前かい……」

宗右衛門はおみねに尋ねた。

おみねは、戸惑いながら頷いた。

「やっぱり……」

宗右衛門は涙を浮かべた。

「なんだい、お前さん……」

おみねは困惑した。

「おみね、私はお前の父親だよ」

宗右衛門はおみねに告げた。

「私のお父っつあん……」

おみねは、唐突な成り行きに言葉を失い、呆然とした。

「爺い、いい加減な事、抜かすんじゃあねえ」

伊佐吉は、宗右衛門を殴り飛ばした。

宗右衛門は、土蔵の壁に激しく頭を打ち付けて気を失った。


おみねは項垂れた。

「そして、宗右衛門は自分の名はおろか、何もかも忘れ去ったか……」

半兵衛は吐息を洩らした。

「はい……」

「それで伊佐吉は、宗右衛門の着物を脱がせ、持ち物から素性を調べたのか……」

半兵衛は、宗右衛門が薄汚いなりをしている理由を読んだ。

「はい。そして、何もかも分からなくなった宗右衛門を土蔵に閉じ込めたのです。私は憎んでいました。おっ母さんに私を身籠らせて棄てた実のお父っつあんを憎み、恨んでいました……」

おみねはすすり泣いた。

「おっ母さんは、私を産んでから……」

おまちは、幼いおみねを抱えて必死に働いた。だが、おまちの稼ぎは高《たか》が知れたものだ。

おみねを抱えて窮したおまちは、男の世話になるようになった。そうした男の一人が隙間風の金蔵だった。

隙間風の金蔵は、おまちとおみね母子を可愛がった。おみねは金蔵を慕って育ち、おまちが病で死んでから盗賊の手引役を務めるようになっていた。そして数年が過ぎ、おみねは料理屋『若松』で実の父親である宗右衛門と出逢った。

「おみね、宗右衛門は浅草寺の雷門の風神の傍で見つけられた。雷門にはお前が連れて行ったんだね」

半兵衛は尋ねた。

「白縫さま……」

「見た者がいるんだよ」

「みすぼらしい身なりで、ぼんやりと座っている宗右衛門を見ていられなくなったんです。老いて窶《やつ》れていく宗右衛門を放っておけなくなったんです」

おみねは、腹立たしげに唇を噛んだ。

「いずれにしろおみね、お前は宗右衛門を助けた。金蔵や伊佐吉は、それを知ってお前を責めたのか……」

「金蔵と伊佐吉は、宗右衛門の素性を知り、若松の次には打物屋の堺屋に押し込むと云い出したんです。でも、私は止めて欲しいと頼んで……」

おみねは、微かな怒りを滲ませた。

「隙間風の金蔵、山谷橋の萬屋は番頭の伊佐吉に任せ、根岸にいるのか……」

「はい……」

おみねは、覚悟を決めたように頷いた。

「親分、他に何か訊きたい事はあるかな」

「いいえ……」

弥平次は、笑みを浮かべて首を横に振った。

「よし、じゃあおみね、引き取ってくれて結構だよ」

半兵衛は、弥平次と己の猪口に酒を満たした。

「えっ……」

おみねは戸惑い、困惑した。

「しばらく、何もなかったように若松で働いているんだね」

「は、はい……」

おみねは頷いた。

半兵衛と弥平次は酒を飲んだ。


半兵衛と弥平次は、女将や下足番の老爺に見送られて料理屋『若松』を出た。

鶴次郎と雲海坊が、斜向かいの茶店から出て来た。

「鶴次郎、雲海坊から仔細は聞いたか」

「はい。で、そちらは……」

「睨み通りだったよ」

「そうですか……」

鶴次郎と雲海坊は頷いた。

「旦那、親分……」

不忍池の畔を幸吉が駆け寄って来た。

北町奉行所に駆け込んだ幸吉は、半兵衛の後を追って料理屋『若松』に辿《たど》り着いた。

『萬屋』惣兵衛こと盗賊・隙間風の金蔵は、根岸の里の寮に大年増の妾のおときと一緒にいる。

「それで今、番頭の伊佐吉と富吉って手下も一緒にいるんだな」

半兵衛は厳しさを浮かべた。

「はい。半次の親分が見張っています」

幸吉は、『萬屋』惣兵衛が隙間風の金蔵と知って驚き、喉を鳴らして半兵衛の指示を待った。

「よし。鶴次郎は引き続き、おみねを見張ってくれ」

「承知……」

鶴次郎は頷いた。

「幸吉、根岸の里の金蔵の家だ」

「はい。御案内します」

幸吉は意気込んだ。

「半兵衛の旦那、あっしと雲海坊も行きます」

弥平次は進み出た。

「そいつは助かる」

半兵衛は笑った。

五月雨雲は低く垂れ込め、根岸の里を覆っていた。

半次は、小川の傍にある『萬屋』惣兵衛の寮を見張っていた。

幸吉が、木陰に潜んでいる半次の傍にやって来た。

「半次の親分……」

「おう。半兵衛の旦那に報せてくれたかい」

「はい。親分、萬屋惣兵衛、盗賊の隙間風の金蔵でしたよ」

「隙間風の金蔵……」

半次は眉をひそめた。

「ええ。去年、室町の米屋に押し込んだ盗賊です」

「そいつが絡んでいたか……」

「はい。それで半兵衛の旦那とうちの親分が、時雨の岡に来ています。行って下さい」

「そうか。奴らに動きはない」

半次は、見張りを幸吉に引き継いで時雨の岡に急いだ。

根岸の寮にいるのは、隙間風の金蔵、手下の伊佐吉と富吉、それに大年増の妾のおときの四人だ。

「妾のおときを除いて男は三人か……」

半兵衛は、小さな笑みを浮かべた。

「はい。他の手下は、おそらく山谷橋の萬屋にいるんでしょう」

半次は睨んだ。

「どうします」

弥平次は眉をひそめた。

「親分、室町の米屋に押し込んだ盗賊、お縄にするんだね」

半兵衛は笑った。

「じゃあ……」

「うん。踏み込もう」

「ありがたい……」

弥平次は喜んだ。

「半次、雲海坊と裏から踏み込め。私は弥平次の親分と幸吉の三人で表から行くよ」

「承知しました。雲海坊」

「合点だ」

半次と雲海坊は、寮の裏手に走った。

「さあ、行こう」

半兵衛は、弥平次と寮に向かった。


盗賊・隙間風の金蔵は、白髪頭を振り立て年甲斐《としがい》もなく抗《あらが》った。

男たちの闘いは、瀟洒《しょうしゃ》な寮の襖や障子を壊して壁を崩した。大年増の妾のおときは、台所の隅で頭を抱えて蹲《うずくま》った。

半兵衛は、十手《じって》で金蔵を厳しく打ち据えた。

金蔵は、悲鳴をあげて白髪を血に染めた。

伊佐吉と富吉は、長脇差《ながどす》を振り廻して激しく抗った。だが、弥平次、半次、幸吉、雲海坊に容赦はない。

雲海坊が錫杖《しゃくじょう》で富吉の足を掬《すく》って倒し、半次が馬乗りになって十手で滅多打ちにした。

幸吉は伊佐吉に組み付いて倒し、弥平次が素早く捕り縄を首に掛けた。

金蔵、伊佐吉、富吉は捕らえられた。

半兵衛は、半次を北町奉行所に走らせて捕り方を呼び、山谷橋の袂の問屋場『萬屋』を急襲した。そして、『萬屋』に屯《たむろ》していた配下の三人の盗賊をお縄にした。

盗賊・隙間風の金蔵一味は、思いも寄らぬ事から叩き潰された。


打物屋『堺屋』の宗右衛門は、相変わらず自分の名も思い出せないでいた。そして、おみねは料理屋『若松』に仲居として奉公していた。


五月雨は降り続き、日本橋の通りを行く様々な傘を濡らしていた。

半兵衛は、打物屋『堺屋』を訪れた。

若旦那の宗助と番頭の彦八は、半兵衛を奥の座敷に通した。

「それで白縫さま、何か分かったのでございますか」

宗助は身を乗り出した。

「うん。もうじき何もかも分かるはずだよ。宗右衛門に逢わせて貰おうかな」

半兵衛は笑みを浮かべた。

中庭に咲いている紫陽花は、降る雨に揺れていた。

寝間は薄暗く、薬湯の臭いが漂っていた。

宗右衛門は軽い寝息を立てていた。

半兵衛は、宗右衛門の枕元に座り、無精髭の伸びた顔を見つめた。

宗右衛門の寝息に乱れはなかった。

「宗右衛門。おみねは、お前さんが恐れた通り、盗賊の一味だったよ」

半兵衛は囁いた。

宗右衛門の寝息は微かに乱れた。

「お前さんは、自分が何処でどうなったかお上に知れると、おみねも捕らえられると心配した。それで、自分の名は勿論《もちろん》、何もかも忘れたふりをした。我が子のおみねを助けたい一心でね」

宗右衛門の寝息は止まった。

「だが、もう何もかも忘れたふりをするのは無用だ。盗賊の隙間風の金蔵は、おみねのお陰でお縄にしたよ」

「おみねのお陰……」

宗右衛門は言葉を洩らした。

「うん。おみねが萬屋惣兵衛が隙間風の金蔵だと証言してくれてね」

半兵衛は、言葉に笑みを滲ませた。

「それで、おみねは罪を減じられ、江戸払いのお裁きが下ったよ」

江戸払いとは、高輪《たかなわ》、板橋《いたばし》、千住、本所、深川、四ツ谷《よつや》の大木戸、朱引《しゅび》きの内に住む事を禁じ、その外の地に追放する刑である。

おみねの裁きに、半兵衛の口添えがあったのは云うまでもない。

宗右衛門は起き上がり、半兵衛の前に膝を揃えた。

「白縫さま、御迷惑をお掛け致しました。世間を騒がせ、お上を誑《たぶら》かした罪。どのようなお咎《とが》めでも受ける覚悟にございます」

宗右衛門は、両手をついて半兵衛に深々と頭を下げた。

「どんなお咎めでもね……」

「はい……」

無精髭が伸び窶れた宗右衛門の顔には、安堵と感謝が満ち溢れていた。

「だったら宗右衛門、隠居をして江戸から離れるのもよし。好きにするのだね」

半兵衛は笑った。

「白縫さま……」

宗右衛門は、半兵衛の真意に気付いて涙を零《こぼ》した。

雨は静かに降り続いた。


半兵衛は、宗右衛門、宗助、彦八に見送られ、傘を差して打物屋『堺屋』を後にした。

菅笠を被り赤合羽を纏った半次が、斜向かいの蕎麦屋から現れた。

「宗右衛門さん、やはり旦那の睨んだ通りのようでしたね」

半次は、手を合わせて半兵衛を見送っている宗右衛門を一瞥した。

「うん」

「それで宗右衛門さんの始末は……」

半次は半兵衛に並んだ。

「棄てた我が子を心配し、詫びる親心のした下手な狂言だ」

「世の中には、知らん顔をした方がいいことがありますか……」

「うん。宗右衛門の下手な狂言、私は見なかったことにするよ」

半兵衛は笑った。

「知らん顔の半兵衛さんですか……」

半次は苦笑した。

「さあ、鶴次郎が幸吉や雲海坊と待っている。酒と鶏を買って帰ろう」

五月雨は降り続いた。


打物屋『堺屋』宗右衛門は、身代《しんだい》のすべてを倅の宗助に譲って隠居した。そして、目黒不動尊《めぐろふどうそん》の傍に隠居所を建て、おみねを引き取って暮らすつもりだ。

目黒不動尊のある下目黒は、高輪の大木戸も過ぎた江戸の朱引きの外である。

宗右衛門とおみね父娘は、過ぎ去った時を埋めるように新たな暮らしを始めるのだ。


傘を鳴らしていた雨は止み、昼下がりの江戸の町に陽の光が差し込んだ。

半兵衛は傘を閉じ、差し込む陽の光を眩しげに眺めた。

五月雨は止み、梅雨が明けるのは近い……。

第二話　身代り

一

夏の陽差しは溢《あふ》れた。

半兵衛は眩《まぶ》しげに眼を細め、残りの雨戸を開けて戸袋に仕舞った。

今日は暑くなりそうだ……。

半兵衛は、井戸端で歯を磨いて顔を洗った。

「おはようございます」

廻り髪結の房吉が、鬢盥《びんだらい》を提《さ》げて庭先に現れた。

「やあ。おはよう……」

半兵衛は、陽差しの溢れる濡縁《ぬれえん》に座った。

房吉は盥に水を汲《く》み、半兵衛の背後に廻って〝日髪日剃《ひがみひぞり》〟の仕度《したく》を始めた。

半兵衛は眼を瞑《つむ》り、房吉に髪を任せた。

元結《もとゆい》を切る鋏《はさみ》の音が心地良く響いた。


巳《み》の刻四つ（午前十時）。

町奉行所の与力・同心の出仕時刻とされている。だが、同心たちの殆《ほと》んどは、辰《たつ》の刻五つ（午前八時）に出仕し、仕事に励んでいた。

臨時廻り同心の半兵衛は、事件を扱っていない時の多くは巳の刻四つに出仕していた。

半兵衛は、岡っ引の本湊の半次と一緒に八丁堀《はっちょうぼり》の組屋敷を出て日本橋に向かった。

日本橋の通りは、行き交う人々で賑わっていた。

半兵衛と半次は、日本橋の通りを横切り、高札場《こうさつば》の傍を抜けようとした。

不意に男の怒声と女の悲鳴があがり、人々が散った。

「旦那……」

半次は、眉をひそめて高札場を見た。

「うん……」

高札場の前で旅姿の中年武士が、初老の浪人に白刃《はくじん》を向けていた。

「父の仇《かたき》、高木平内《たかぎへいない》。倉田忠和《くらたただかず》が一子和之進《かずのしん》だ。尋常に勝負しろ」

旅姿の中年武士は倉田和之進と名乗り、草臥《くたび》れた羽織袴から土埃《つちぼこり》を舞い上げて声と刀を震わせた。

仇討ち……。

半兵衛は眉をひそめた。

「待て。拙者《せっしゃ》は高木平内と云う者などではない。人違いするな」

初老の浪人は、落ち着いた声音で否定した。

「黙れ。見苦しいぞ高木平内。その腰のなめし革の煙草《たばこ》入れが何よりの証拠だ」

倉田は、初老の浪人が腰に提《さ》げた茶色のなめし革の煙草入れを睨《にら》み付けた。

煙草入れは町人が持ち歩く物であり、武士は持ち歩かない物とされる。だが、高木平内は煙草好きで、なめし革の煙草入れを持ち歩いていた。

なめし革の煙草入れを持っている事は、高木平内である証拠の一つなのだ。

倉田は、怒声をあげて初老の浪人に猛然と斬り掛かった。初老の浪人は、身体を僅かに反《そ》らして刀を躱《かわ》し、倉田の腕を取って素早く投げを打った。

倉田は宙に弧を描き、地面に叩き付けられて苦しく呻《うめ》いた。

腕の違いは歴然としていた。

「重《かさ》ねて申す。私は高木平内ではない」

初老の浪人は、倒れている倉田に蔑《さげす》みの眼差しを投げ掛けて立ち去った。

野次馬《やじうま》は倉田を笑い、囁《ささや》き合いながら散り始めた。

「旦那……」

半次は、立ち去る初老の浪人を見つめた。

「うん……」

半兵衛は頷《うなず》いた。

半次は、初老の浪人を追った。

半兵衛は、起き上がった倉田に近づいた。

「大丈夫ですか……」

「無念だ……」

倉田和之進は、憮然《ぶぜん》とした面持ちで頷いた。

「仇討ちですか……」

「左様……」

「仇討免許状、町奉行所には届けられましたか」

「勿論《もちろん》だ」

仇討ちは、主君の免許状を受けて行うものであり、江戸では月番《つきばん》の町奉行所に届け、敵討帳に記載して貰う必要があった。

「それで、先ほどの浪人が仇なのですか」

「おそらくな」

「おそらく……」

半兵衛は眉をひそめた。

「十年前、拙者の父を斬り棄てて国元から逐電《ちくでん》した男。拙者はまだ部屋住みだったので、その男の顔をよく知らないのだ」

倉田は顔を歪《ゆが》めた。

十年前……。

倉田和之進は、十年もの間、顔も良く分からない父親の敵《かたき》を追って旅をしているのだ。

「そうですか。仇討ち、早く本懐《ほんかい》が遂《と》げられるといいですね」

「かたじけない。御免……」

倉田和之進は、地面に投げつけられた時に打ったのか、右脚を僅かに引きづりながらその場を離れた。

半兵衛は見送った。

疲れ果てた惨めな後ろ姿だ……。

半兵衛は、哀れさと虚《むな》しさを覚えた。

「旦那……」

鶴次郎が現れた。

「見ていたかい」

「ええ。追ってみますか」

鶴次郎は、立ち去って行く倉田の後ろ姿を示した。

「うん」

「じゃあ……」

鶴次郎は、緋牡丹《ひぼたん》の絵柄の半纏《はんてん》を翻《ひるがえ》して倉田を追って行った。

半兵衛は、日本橋の高札場から外壕《そとぼり》に向かった。

そして、風呂敷包みを抱えた初老の痩《や》せた浪人が、足早に倉田和之進と鶴次郎を追った。

風が吹き抜け、外壕に小波《さざなみ》が走った。

半兵衛は、外壕に架かっている呉服橋御門を渡って北町奉行所の表門を潜った。

北町奉行所の敵討帳には、倉田和之進の仇討免許状が記載されていた。

倉田和之進は、近江国高坂藩《おうみのくにたかさかはん》七万石稲垣家《いながきけ》の家臣だった。

十年前、倉田の父親の忠和は、同僚の高木平内と争いになり、斬り殺された。

そして、高木平内は近江国高坂の国許を逐電し、倉田家嫡男の和之進は仇討ちの旅に出た。

倉田和之進は、父親の仇である高木平内を追って諸国を巡り、十年が過ぎていた。

倉田和之進は二十八歳と記されていた。

とても二十八歳には見えない……。

半兵衛は驚いた。

四十歳近い……。

半兵衛には、倉田和之進が四十歳近くに見えていたのだ。

十年前、倉田は十八歳の時に仇討ちの旅に出立していた。

そして、十年……。

父親の仇を追っての歳月は、倉田和之進を実際の歳以上に老《ふ》けさせていた。

半兵衛は、倉田和之進を哀れまずにはいられなかった。

日本橋の通りから楓《もみじ》川沿《がわ》いに抜け、日本橋川に架かる江戸橋を渡ると西堀留川に出る。

煙草入れを腰に提げた初老の浪人は、西堀留川に架かる荒布橋を渡って小舟町の長屋の木戸を潜った。そして、長屋の奥の家に入った。

半次は見届けた。

倉田和之進は、日本橋の通りを重い足取りで進んで京橋《きょうばし》を渡った。そして、三十間堀《さんじっけんぼり》に架かる紀伊國橋《きのくにばし》を渡り、木挽町の大名屋敷に入った。

鶴次郎は見届けた。そして、大名屋敷が何処の藩の屋敷か調べた。

大名屋敷は、近江国高坂藩江戸下屋敷だった。

倉田和之進は、近江国高坂藩に縁のある者なのだ。

鶴次郎は、そう見定めて北町奉行所に急いだ。

風呂敷包みを抱えた痩せた初老の浪人は、足早に去って行く鶴次郎を見送り、表門を閉ざしている高坂藩江戸下屋敷を見上げた。

一石橋《いっこくばし》の袂《たもと》の蕎麦屋は昼飯時も過ぎ、客は半兵衛、半次、鶴次郎の三人だけだった。

「小舟町の長屋に住んでいるのか……」

半兵衛はせいろ蕎麦をすすった。

「はい。親の代からの浪人で山崎軍兵衛《やまざきぐんべえ》って名前でしたよ」

半次は告げた。

「近江浪人の高木平内じゃあないか……」

「はい。倉田さんの捜している仇じゃありません。やはり、人違いですぜ」

半次は手酌《てじゃく》で酒を飲んだ。

「うん。で、鶴次郎、倉田はあれから何処に行った」

「はい。木挽町の近江高坂藩の江戸下屋敷に入りましてね。きっと侍長屋にでも潜り込んでいるんでしょう」

「そうか。御苦労だったね」

半兵衛は、せいろ蕎麦を食べ終わり、酒を飲んだ。

「倉田和之進、北町に仇討ちの届けを出していたよ」

半兵衛は、倉田和之進が十年もの間、父親の仇を追って旅をし、二十八歳なのを教えた。

「二十八……」

半次は、素《す》っ頓狂《とんきょう》な声をあげて驚いた。

「あっしはてっきり四十過ぎかと……」

鶴次郎も呆気《あっけ》に取られた。

「私もそう思ったよ」

半兵衛は苦笑した。

「父親の仇を追って十年ですか……。辛《つら》くて厳しい旅だったんでしょうね」

半次は同情した。

「うん」

「ですが旦那、仇の高木平内を見つけたとして、あの腕で無事に敵討ちが出来ますかね」

鶴次郎は、眉をひそめて酒を飲んだ。

「うん。心配なのはその辺だね」

半兵衛は手酌で酒を飲んだ。

汐留川《しおどめがわ》に架かる新橋《しんばし》の北詰、北紺屋町《きたこんやちょう》の裏通りに狭い間口の茶道具屋『一茶《いっさ》堂《どう》』があった。

痩せた初老の浪人は、風呂敷包みを手にして『一茶堂』の暖簾《のれん》を潜った。

「御免……」

「おいでなさいまし」

手代の利助《りすけ》が迎えた。

「これは相沢《あいざわ》さま……」

中年の番頭清八《せいはち》が帳場から出て来た。

「やあ……」

相沢と呼ばれた痩せた初老の浪人は、框《かまち》に腰掛けて風呂敷包みを開けた。中には茶筅《ちゃせん》や茶匙《ちゃさじ》の入った木箱があった。

「茶筅が二十、茶匙が二十だ」

「拝見します」

番頭は、茶筅と茶匙を検《あらた》め始めた。

「どうぞ……」

利助が、相沢に茶を差し出した。

「造作を掛けるね」

相沢は利助に礼を云い、茶をすすった。

「中々《なかなか》結構な出来じゃありませんか……」

番頭の清八は笑顔を見せた。

「そうか。そいつは良かった」

相沢は、己の作った茶筅と茶匙を褒《ほ》められ、安堵の笑みを浮かべた。

「それで、旦那さまはいらっしゃるかな」

相沢は利助に尋ねた。

「はい。おいでになりますが……」

「ちょいと逢いたいのだが、都合を聞いて来てくれぬかな」

「承知しました」

手代の利助は奥に入って行った。

相沢は、茶を美味そうにすすった。

茶道具屋『一茶堂』の主・平左衛門《へいざえもん》は、煙草の煙を吐き、雁首《がんくび》と吸い口が銀の長煙管《ながぎせる》を煙草盆に置いた。

「それで相沢さま、お話とは……」

平左衛門は、福々しい顔に戸惑いを過《よ》ぎらせた。

「それなのだが平左衛門どの。確かなめし革の煙草入れを持っていましたね」

「はい。随分、古い煙草入れですが、持っております。そいつが何か……」

「いえ。ところで近江国高坂藩の家臣の倉田と云う者を知っていますか」

相沢は、平左衛門を静かに見据えた。

「相沢さま……」

平左衛門は緊張を滲《にじ》ませた。

「此処《ここ》に来る時、日本橋の高札場で仇討ち騒ぎがありましてな」

「仇討ち……」

平左衛門は、緊張に喉を微《かす》かに震わせた。

「ええ。元高坂藩家臣の倉田和之進が、十年前に父親を斬って逐電した高木平内を討ち果たそうとね」

相沢は、平左衛門を窺った。

平左衛門は、強張《こわば》らせた顔に汗を滲ませた。

「尤《もっと》も人違いの空騒《からさわ》ぎでしたがね」

相沢は苦笑した。だが、平左衛門は顔を強張らせたままだった。

「平左衛門どの。おぬし、昔は小藩で僅かな禄《ろく》を食《は》んでいた貧乏侍だと仰《おっしゃ》った事がありましたな」

相沢は平左衛門を見据えた。

平左衛門は、吐息を洩らして項垂《うなだ》れた。

「平左衛門どの、倉田和之進が父の仇として追っている高木平内は……」

「相沢さま……」

平左衛門は激しく狼狽《うろた》え、相沢に縋《すが》る眼差しを向けた。

「平左衛門どの、この相沢新十郎《しんじゅうろう》、ついては相談したい事があるのです」

相沢は、淋しげな笑みを浮かべた。


夏の風は木々の梢《こずえ》を揺らし、木洩れ日を煌《きら》めかせていた。

「それで大久保さま、御用とは……」

半兵衛は、与力の大久保忠左衛門に用部屋に呼ばれた。

「うむ。実はな半兵衛。昨夜遅く、京橋付近で斬り合いがあり、怪我人が出たらしい」

忠左衛門は白髪眉をひそめた。

「怪我人が出たらしいとは……」

半兵衛は戸惑った。

「うむ。届けもなければ、怪我人もいなくてな。辛《かろ》うじて新両替町《しんりょうがえちょう》の木戸番が夜廻りの途中に見ていた」

「では、斬り合いがあったのを知られたくない者がいるのですな」

「如何《いか》にも。先《ま》ずは騒動や揉《も》め事《ごと》を表沙汰《おもてざた》にしたくない大名旗本家……」

忠左衛門は、細い筋張った首を伸ばして囁いた。

「成る程……」

半兵衛は、忠左衛門の睨みに頷いた。

「だが、如何に大名旗本家と云えども、町方での斬り合いは許し難い。万が一にも関わりのない町方の者が巻き込まれたら一大事。そこでだ半兵衛。その方、そのような事にならぬよう眼を光らせるのだ」

「眼を光らせる……」

半兵衛は眉をひそめた。

「左様。そして、斬り合ったのが何者か突き止めるのだ」

「突き止めて如何《いかが》致しますか」

「釘を打つ。町方の者に危害が及べば、只《ただ》では済まぬと釘を打ち込んでやる。よいな、半兵衛」

忠左衛門は、首筋を引《ひ》き攣《つ》らせて命じた。

「ははっ……」

半兵衛は、引き受けるしかなかった。


京橋は、外濠鍛冶橋《かじばし》御門前から八丁堀に続く京橋川に架かっている。

半兵衛は、半次と鶴次郎を伴って新両替町の木戸番屋を訪れた。

木戸番屋は、町木戸の管理と夜廻りが主な仕事である。

昼間は割と暇な木戸番は、草鞋《わらじ》や炭団《たどん》や団扇《うちわ》などの荒物を売っていた。

半兵衛たちは、木戸番の米造《よねぞう》に斬り合いの事を尋ねた。

「へい。何処かの御家中のお侍たちと浪人が、京橋の袂で……」

「京橋の袂でねえ……」

半兵衛は、人々が行き交っている京橋を眺めた。

「それで斬り合い、どんな風だった」

「ちらりと見ただけで良く分かりませんが、大勢のお侍が浪人一人に。ですが、浪人の方が強くて……。お侍たちが怪我人を担いで木挽町の方に逃げ、浪人も京橋を渡って……」

米造は思い出しながら伝えた。

「立ち去ったか……」

「へい……」

米造は頷いた。

「旦那。木挽町界隈《かいわい》のお医者に当たってみましょうか……」

半次は、怪我をした侍が医者に担ぎ込まれたか、往診に呼んだと睨んだ。そして、医者から大名旗本家を割り出そうと考えた。

「そうだな、頼むよ」

「はい。じゃあ御免なすって」

半次は木挽町に向かった。

「じゃあ旦那、あっしは日本橋の通りにある木戸番屋に、昨夜遅く浪人を見掛けなかったか、足取りを追ってみます」

「そうしてくれ」

半兵衛は頷いた。

鶴次郎は、緋牡丹の絵柄の半纏を翻し、半次が向かった木挽町とは反対の方に立ち去った。

半兵衛は見送り、米造の出してくれた茶をすすった。

「処《ところ》で米造。木挽町に近江高坂藩の江戸下屋敷があるのを知っているかい」

半兵衛は、仇討ち騒ぎの倉田和之進が、木挽町の高坂藩江戸下屋敷にいるのを思い出した。

「へい……」

「下屋敷、どんな評判かな……」

「評判ですか……」

米造は眉をひそめた。

「その様子じゃあ、評判、余り良くないようだね」

半兵衛は、眉をひそめた米造の気持ちを読んで苦笑した。

「へい。時々、中間《ちゅうげん》部屋で賭場《とば》が開帳されているとか……」

「ほう。賭場ねえ……」

半兵衛は眉をひそめた。

京橋での斬り合いは、高坂藩江戸下屋敷や倉田和之進に関わりがあるのかも知れない。

半兵衛の勘が不意に囁いた。

日本橋の通りは、夏の陽差しを浴びて白っぽく輝いていた。

二

近江国高坂藩江戸下屋敷は静寂に包まれていた。

半兵衛は、閉じられている表門を見上げた。

下屋敷に倉田和之進はいる……。

倉田家は当主である和之進の父親・忠和が斬られ、高坂藩からの扶持米《ふちまい》を失った。だが、倉田が仇である高木平内を討ち、見事に本懐《ほんかい》を遂げれば、高坂藩に帰参は叶《かな》うのだ。倉田は、高坂に母と妹を残し、仇の高木平内を追っての旅に出た。そして、十年が過ぎても母親からの仕送りは続いていた。仕送りが続けられるのは、母親の実家の分家が裕福な造り酒屋だからだった。

帰参の叶っていない倉田は、本来なら江戸屋敷に滞在する事は許されない。だが、倉田は下屋敷に勤める家来たちに金を握らせ、侍長屋に寝泊まりしていた。

「旦那……」

半次が駆け寄って来た。

「おう……」

「米造さんに此処だと聞きましてね」

「うん。木挽町に高坂藩の下屋敷があるのを思い出してね。それで、お医者はいたかい」

「はい。昨夜遅く、斬られた侍を往診したお医者、いました」

「往診先は……」

「此処ですよ」

半次は、高坂藩江戸下屋敷を示した。

「やっぱりね……」

京橋での斬り合いは、高坂藩江戸下屋敷と関わりがあった。

半兵衛の勘は当たった。

「ええ。此処には例の仇討ち騒ぎの倉田和之進さんもいます。気になりますね」

半次は鋭い睨みをみせた。

「うん。で、怪我人の具合はどうなんだい」

「怪我人は二人で、一人は利き腕の筋を斬られ、もう一人は尻を……」

「成る程……」

半兵衛は苦笑した。

「どうかしましたか……」

半次は眉をひそめた。

「うん。利き腕の筋と尻を斬ったのは、命を奪う気はなく、軽くあしらったって処だね」

「じゃあ……」

「うん。浪人はかなりの使い手だよ」

半兵衛は睨んだ。

「そうですか……」

「それにしても、どうして斬り合いになったのかだな」

「そして、仇討ち騒ぎの倉田さんに関わりがあるのかどうかですね」

「うん……」

半兵衛は頷いた。

高坂藩江戸下屋敷の潜り戸が開き、倉田和之進が出て来た。

半兵衛と半次は物陰に潜んだ。

「旦那……」

「うん。倉田和之進だ……」

倉田は辺りを見廻し、下屋敷から三十間堀に向かった。

「尾行《つけ》てみますか」

「うん」

半兵衛と半次は追った。


日本橋の通りには数多くの木戸番屋がある。

鶴次郎は、木戸番に聞き込んで歩き、浪人の足取りを捜した。だが、浪人と云うだけでは、それらしい者も浮かばず、足取りは容易に摑《つか》めなかった。

鶴次郎は、粘り強く聞き込みを続けて日本橋を渡った。そして、本銀町《ほんしろがねちょう》の木戸番屋で不審な浪人がいたのを聞き込んだ。

「何匹もの犬が吠えていましてね。どうしたのかと思って表に出たんです。そうしたら三匹の野良犬が日本橋の方から来た浪人さんに吠え掛かっていましてね……」

「野良犬に吠えられる浪人か……」

「ええ。浪人さん、脅して追い払おうとしたんですが、犬もしつこくて。それであっしも追い払う手伝いに行ったんですが……」

本銀町の木戸番は眉をひそめた。

「どうかしたのかい……」

「ええ。浪人さんの着物から血の臭《にお》いがしましてね」

木戸番は声を潜めた。

「血の臭い……」

「ええ。ほんの微かにですがね。きっと、それで野良犬がしつこく吠え掛かっていたんですよ」

浪人は、何処かで誰かと斬り合った。そして、斬られたのか、返り血を浴びたのか……。

鶴次郎は読んだ。

「それで、その浪人、どうしたんだい」

「どうにか野良犬を追っ払いましてね。神田堀の方に行きましたよ」

「神田堀……」

「ええ。浪人さん、確か竜閑橋《りゅうかんばし》の傍の長屋で見掛けた覚えがありましてね」

竜閑橋は鎌倉河岸の傍にあり、外濠と合流する神田堀に架かっている橋だ。

血の臭いのした浪人は、竜閑橋の傍の長屋に住んでいるのかもしれない。

鶴次郎は、ようやく手掛かりの欠片《かけら》を見つけた。

「何て長屋です」

鶴次郎は、思わず身を乗り出した。

「えっ……」

木戸番は戸惑った。


日本橋は行き交う人で賑わっていた。

倉田和之進は、日本橋の上に佇《たたず》んで行き交う人を見守っていた。

半兵衛と半次は、高札場の陰から見守った。

「仇の高木平内を捜しているんですかね」

半次は、倉田を見つめたまま半兵衛に囁いた。

「うん。きっとな……」

半兵衛は頷いた。

倉田和之進は、疲れ果てたような面持ちで行き交う人を見ていた。

融通の利《き》かない生真面目な男なのかもしれない……。

半兵衛は、倉田和之進をそう見て苦笑した。

四半刻（三十分）が過ぎた。

倉田和之進は佇み続けた。

「旦那、こいつは埒《らち》が明《あ》きません。あっしは高坂藩の下屋敷に戻り、中間や下男に探りを入れてみましょうか……」

半次は眉をひそめた。

「そうだな」

半兵衛は頷いた。

「旦那はどうします」

「私はもう少し倉田を見張ってみるよ」

「そうですか……」

「半次、私に構わず下屋敷を探ってくれ」

半兵衛は笑った。

「はい。じゃあ御免なすって……」

半次は、半兵衛に一礼して木挽町に戻って行った。

半兵衛は、行き交う人を見つめる倉田を見守った。

日本橋川には舟が行き交い、櫓《ろ》の起こす波紋が陽差しに煌めいた。


竜閑橋の傍の長屋は、昼下がりの静けさに包まれていた。

鶴次郎は、長屋の大家の家を訪れて浪人が住んでいるかどうか尋ねた。

「いますよ、浪人さん」

「いますか……」

「ああ。相沢新十郎さん……」

「相沢新十郎さん……」

鶴次郎は、ようやく辿り着いた思いだった。

「どんな人ですか、相沢さん……」

「どんなって、病のおかみさんと小さな子供を抱えた貧乏浪人でしてね。茶筅や茶匙を作って暮らしているよ」

「茶筅や茶匙ってのは、何ですか」

鶴次郎は戸惑った。

「茶の湯の道具だよ」

大家は苦笑した。

「茶の湯の道具……」

「ああ。人柄も良く、やっとうの腕前もかなりなもんだってのに、運のない人だよ」

大家は相沢に同情した。


前掛けをした八歳ほどの女の子が、長屋の井戸端で米を研《と》いでいた。

「どうだ、おゆき。米は上手《うま》く研げたかな」

奥の家から前掛けをした浪人が現れ、竹の削り屑《くず》を払い落としながら井戸端に近づいた。

「はい。父上……」

おゆきと呼ばれた女の子は、浪人に鍋の中の研いだ米を見せた。

「おお、上手い、上手い。きっと美味《おい》しい御飯が炊《た》けるぞ」

浪人は娘のおゆきを褒め、肩を並べて奥の家に戻った。

相沢新十郎……。

鶴次郎は見定めた。

大家の云った通り、相沢新十郎は人柄が良さそうだ。とても京橋の袂で斬り合いをしたとは思えない。

もし、斬り合いをしたならその理由は何なのだ……。

鶴次郎は、新たな疑念を抱いた。


高坂藩江戸下屋敷から下男が出て来た。

下男は、三十間堀に架かる紀伊國橋を渡り、新両替町に向かった。

半次は追った。

下男は、新両替町の酒屋に入り、酒を下屋敷に届けるように頼んだ。

半次は、酒屋の表で下男の出て来るのを待った。

酒屋から出て来た下男は、用が済んだのかのんびりとした足取りで来た道を戻り始めた。

半次は呼び止めた。

下男は、半次に怪訝《けげん》な眼差しを向けた。

「ちょいと聞きたい事があるんだがね」

半次は、懐《ふところ》の十手を僅かに見せた。

「へ、へい……」

下男は戸惑った。

半次は、下男を近くの一膳飯屋に連れ込んだ。


一膳飯屋は昼飯時も過ぎ、客はいなかった。

半次は酒を頼んだ。

下男は、落ち着かない風情で半次を窺った。

「お互い、何処の誰かも知らず、一杯飲みながら世間話をしたって処《ところ》でいかがですかい」

半次は、下男の前に猪口《ちょこ》を置き、運ばれて来た酒を満たした。

下男は、酒の満たされた猪口を前にして緊張を過ぎらせた。

「はあ、あっしは酒はあまり……」

下男は眉をひそめた。

「そいつは気付かぬ事で……」

半次は苦笑し、一朱金を猪口の傍らに置いた。一朱は一両の十六分の一であり、庶民には大金だ。

下男は、一朱金を見つめて喉を鳴らした。

「昨夜、御家来衆の二人が京橋で怪我をしたそうですね」

半次は笑顔で尋ねた。

「えっ……」

「浪人と斬り合ったと聞きましたが……」

半次は、探るように下男を見据えた。

下男は吐息を洩らした。

「昨夜、見知らぬ浪人が屋敷を窺っていましてね。中間が咎《とが》めると、倉田和之進さまはいるのかと尋ねたそうです。それで、いると答えたら、そうかと云って立ち去ったそうです。それを知った倉田さまと御家来衆が追い掛けて……」

下男は、猪口の酒をすすった。

「御家来衆の二人が怪我をして戻って来たのかい」

半次は、下男の猪口に酒を注いでやった。

「ええ……」

下男は、猪口の酒を飲み干した。

倉田和之進と家来たちは、浪人を高木平内と睨んで追い掛け、京橋の袂で斬り合ったのだ。家来たちは、倉田の仇討ちの助太刀として斬り合いに臨んだ。しかし、浪人は強く、二人の家来が手傷を負わされた。そして、倉田と家来たちは退き、浪人は立ち去った。

それが、昨夜の京橋での斬り合いの顚末《てんまつ》なのだ。

半次は知った。

下男が話し終えた時、徳利《とっくり》は空《から》になっていた。

半次は苦笑した。

「いや、面白い話を聞かせて貰いましたよ」

半次は、飯台に置いてあった一朱金を下男に押し出した。

下男は、嬉しげに一朱金を握り締めた。

陽は西に傾き始めた。

倉田和之進は、日本橋の上に佇み続けた。

半兵衛は見守った。

倉田が佇んでから何刻が過ぎたのか……。

通行人たちは、欄干《らんかん》の傍に佇む倉田をまるでいないかのように無視して通り過ぎて行く。

倉田は、賑わいにたった一人浮き上がっている……。

半兵衛にはそう見えた。

倉田は、深々と溜息をついて未練げにその場を離れた。

ようやく動いた……。

半兵衛は倉田を追った。

倉田は、重い足取りで日本橋の南詰に降り、青物町《あおものちょう》に向かった。そして、青物町の裏通りにある居酒屋に入った。

半兵衛は、近くの木戸番屋に黒の紋付き羽織を預け、倉田に続いた。


「いらっしゃいませ」

居酒屋の若い衆は、威勢良く半兵衛を迎えた。

「酒を貰おうか……」

半兵衛は若い衆に酒を頼み、店内に倉田の姿を捜した。倉田は、客の少ない店内の隅で酒を飲んでいた。半兵衛は、運ばれて来た酒を飲みながら倉田を窺った。

倉田は、猪口の酒を飲み干し、徳利の酒を注ごうとした。だが、徳利は空だった。

「酒だ。酒をくれ」

倉田は、酔いを滲ませた声で注文した。

早い勢いで酒を飲んでいる……。

半兵衛は眉をひそめた。

窓の障子は夕陽に赤く染まり始めた。

長屋の井戸端は晩飯を作るおかみさんたちで賑わった。

浪人の相沢新十郎は、娘のおゆきと一緒に晩飯を作り終えていた。腰高障子の閉められた家では、おそらく相沢とおゆき、そして病の妻がささやかな晩飯を食べている。

相沢新十郎は、晩飯を食べ終えてから出掛けるかもしれない……。

鶴次郎は、しばらく長屋の木戸から動かず、見張りを続ける事にした。

夕暮れは夜となり、長屋の家々にささやかな明かりが灯された。

鶴次郎は見張り続けた。


青物町の居酒屋は、仕事帰りの職人や人足、お店者《たなもの》たちで賑わった。

倉田は酒を飲み続けていた。

他の客たちの楽しげな笑い声が響き、居酒屋は賑わっていた。

倉田は一人賑わいから外れ、酔いに手を震わせて酒を飲み続けていた。

半兵衛は見守った。

酔った人足が、厠《かわや》に行く途中に酒の酔いに足を取られてよろめき、思わず倉田の肩に手をついた。弾みで倉田が手にしていた猪口が揺れ、酒が膝に零《こぼ》れた。

「無礼者」

倉田は思わず叫び、人足の手を肩から振り払った。人足は、慌てた声をあげて床に倒れた。

「何しやがる」

倒れた人足が怒鳴った。

「どうした」

人足の仲間たちが色めき立った。

半兵衛に止める間はなかった。

倒れた人足は、喚《わめ》きながら倉田に武者ぶりついた。

「何をする」

倉田は人足を殴り付けた。人足は悲鳴をあげて隣の飯台に倒れ込んだ。徳利が落ち、皿や小鉢が甲高い音を鳴らして割れた。

「この野郎」

人足の仲間たちが倉田に殺到した。

「やるか……」

倉田は、溜まっている物を吐き出すように怒鳴り、殺到する人足と激しく揉み合った。人足たちに遠慮はなかった。倉田は殴られ、蹴られた。

怒声と悲鳴、争う音が響いた。

「止めろ。止めろ、馬鹿野郎」

若い衆が止めに入り、倉田と人足たちを無理矢理に引き離した。

倉田は髷《まげ》を乱し、羽織を引き裂かれて息を激しく鳴らしていた。

「さあ、お侍、帰って下せえ」

若い衆は倉田を追い立てた。

「わ、悪いのは……」

倉田は戸惑った。

「しけた面して酒を飲みやがって、邪魔なんだよ。とっとと帰ってくれ」

若い衆は、倉田を押さえ付けて外に放り出した。

倉田は地面に転がった。

髷は曲がり、顔には擦り傷があり、羽織の背中は引き裂かれて惨めな姿だった。行き交う人は驚き、嘲笑を浮かべた。

「さあ、行こう」

半兵衛は、倉田を助け起こした。

「す、すまぬ……」

倉田は、半兵衛の手を借り、よろめきながらたちあがった。

居酒屋の客の笑い声が楽しげに響いた。

楓川は流れに映える月影を切れ切れに揺らしていた。

半兵衛は、倉田を海賊橋《かいぞくばし》の下の船着場に連れて行った。

倉田は、崩れるように座り込んだ。

「大丈夫か……」

半兵衛は眉をひそめた。

「おぬし、確か……」

倉田は、半兵衛が日本橋の仇討ち騒ぎの時に通り掛かった町奉行所の同心だと気付いた。

「北町奉行所臨時廻り同心の白縫半兵衛だよ」

半兵衛は笑った。

「私は倉田和之進と申します」

倉田は、酔いの廻った口調で名乗った。

「倉田さん、仇討ちの大望がある身で酔っ払って喧嘩とは感心しませんね」

「仇討ち……」

倉田は嫌悪を浮かべた。

「ええ……」

半兵衛は戸惑った。

「仇討ちなど、もう沢山《たくさん》です」

倉田は吐き棄てた。

「倉田さん……」

半兵衛は困惑した。

楓川の流れは揺れた。

三

倉田は、楓川の流れに映る月明かりを見つめた。

「倉田さん……」

半兵衛は、仇討ちを嫌う倉田に困惑した。

「十八歳の時に仇討ちの旅に出て十年。雨に濡れ、風に吹かれ、陽差しに焼かれ……。虚しい日々が続きました。見事本懐を遂げて藩に帰参するなど……」

倉田は口惜しげに顔を歪めた。

「しかし、お父上の敵は……」

「所詮《しょせん》、酒を飲んでの口論の果ての斬り合い。父も高木平内も馬鹿な真似を……」

「倉田さん、そこには斬り合いになるだけの理由が……」

「理由などありません。大義の欠片もない、酔っ払いの只の喧嘩です」

倉田は吐き棄てた。

半兵衛は倉田を見つめた。

「その馬鹿な真似で父は死に、高木は妻子と家を棄てて逐電し、私は母と妹を残して当てのない仇討ちの旅に出る。父と高木はいい。だが、高木の家族と私たちは虚しく腹立たしいだけです」

倉田は、哀しさを過ぎらせた。

「だからと云って、このままでいる訳にも参りますまい」

「はい……」

倉田は、滲む涙を隠すように楓川の流れで乱暴に顔を洗った。

水飛沫《みずしぶき》が月明かりに煌めいた。

「白縫どの、御造作をお掛け致しました」

倉田は、半兵衛に深々と頭を下げ、楓川沿いの道を京橋川に向かった。その足取りは重くよろめき、後ろ姿には不安と虚しさが満ち溢れていた。

半兵衛は、倉田に潜んでいる様々な思いを見届けた。

囲炉裏《いろり》の火は揺れた。

半兵衛は、半次や鶴次郎と探索の結果を話し合った。

「京橋の袂での斬り合い、やはり倉田の仇討ち絡みか……」

「はい。下屋敷を窺い、斬り合った浪人、仇の高木平内ですかね」

半次は、高坂藩江戸下屋敷の下男に聞いた話を報せ、睨みを告げた。

「半次、そいつは違う。昨夜、倉田さんたちが斬り合った相手は、俺が調べた限りじゃあ、相沢新十郎って浪人だぜ」

鶴次郎は告げた。

「相沢新十郎……」

半次は、怪訝な眼差しを鶴次郎に向けた。

「ああ……」

鶴次郎は、相沢新十郎を倉田たちと斬り合った浪人だとした理由を告げた。

「着物に血が付いていたか……」

半兵衛は眉をひそめた。

「はい。尤《もっと》もそれだけで決めるのは難しいかもしれませんが……」

「いや。で、その相沢新十郎、どんな奴なんだい」

半兵衛は、相沢新十郎に興味を抱いた。

「竜閑橋の傍の長屋に住んでいましてね。茶道具の茶筅や茶匙を作るのを生業《なりわい》にして、病のおかみさんと八歳ほどの娘の三人で暮らしています」

「病のおかみさんと娘か……」

「ええ。それで大家さんの話じゃあ、人柄も良く剣の腕もかなりのものだとか……」

鶴次郎は伝えた。

「旦那、その相沢新十郎が、京橋の袂で倉田さんたちと斬り合った相手だとしたら、高木平内はどうなるんですかね」

半次は眉をひそめた。

「うん。分からないのはそこだね」

半兵衛はそう云いながら、湯呑茶碗に一升徳利の酒を満たし、半次と鶴次郎に勧めた。

「こいつは畏れ入ります」

「戴きます」

半次と鶴次郎は、湯呑茶碗の酒をすすった。

「ひょっとしたら相沢新十郎、高木平内の偽名なのかもしれない……」

半兵衛は酒を飲んだ。

「おかみさんと娘は……」

鶴次郎は戸惑った。

「娘のいる後家さんと所帯を持ったってのも考えられるよ」

「そうか……」

「あるいは相沢新十郎の近くに高木平内がいるのかもな……」

半兵衛は読んだ。

「成る程……」

「いずれにしろ、相沢新十郎を詳しく調べてみる必要があるな」

「はい……」

半次と鶴次郎は頷いた。

「それで、倉田和之進だがね……」

半兵衛は、居酒屋から楓川の船着場での倉田和之進の事を話して聞かせた。

「じゃあ旦那。倉田さん、本音じゃあ仇討ちなんか辞めたいと思っているんですかい……」

半次は眉をひそめた。

「うん。だが、それで済まないのが武士の掟《おきて》だ……」

半兵衛は酒をすすった。

「掟……」

鶴次郎は、微かな嫌悪を過ぎらせた。

「ああ……」

半兵衛は、淋しげな笑みを浮かべて酒を飲んだ。

囲炉裏の火は隙間風に揺れた。


竜閑橋の傍の長屋には、赤ん坊の泣き声が響いていた。

半次と鶴次郎は、木戸に潜んで相沢新十郎を見張った。

相沢新十郎は、娘のおゆきと朝飯を仕度して洗濯を終え、茶筅や茶匙作りの仕事に励んだ。そして、仕事の合間に娘のおゆきに読み書きを教えた。

そこには、病の妻を気遣う夫、娘を可愛がる父親の姿があった。

「おかみさんの病、分かったか……」

鶴次郎は、一帯の聞き込みから戻って来た半次に尋ねた。

「うん。心の臓がかなり悪いらしい」

「心の臓か……」

鶴次郎は眉をひそめた。

「ああ。気の毒にな。相沢新十郎さん、おかみさんの薬代を稼ぐ為に一生懸命らしいぜ」

「そうか……」

「それで今の処《ところ》、相沢さんの身の廻りに高木平内って浪人は浮かばないな」

半次は告げた。

午《うま》の刻九つ（正午）の鐘が鳴った。

相沢新十郎が、出掛ける仕度をして家から出て来た。

半次と鶴次郎は身を潜めた。

「いってらっしゃい……」

相沢は、おゆきに見送られて出掛けた。

半次と鶴次郎は、充分な距離を取って尾行を開始した。

半兵衛は、伝手《つて》を頼りに近江国高坂藩家中を良く知る人物を捜した。

汐留橋の袂にある米問屋『大黒屋《だいこくや》』は、高坂藩御用達《ごようたし》として米の売り買いを任せられており、主はもとより番頭や手代たちも高坂藩の国許に行っていた。

半兵衛は、米問屋『大黒屋』を訪れ、高坂藩に詳しい者を捜した。

「それなら、伝兵衛《でんべえ》さんにお聞きになるとよろしいかと存じますが……」

番頭は告げた。

「伝兵衛さん……」

「はい。去年の暮れに隠居した大番頭でして、高坂藩には何度も行っておりますし……」

「そうか。で、その伝兵衛の住まいは何処かな」

「はい。増上寺《ぞうじょうじ》門前の浜松町《はままつちょう》二丁目にございます」

半兵衛は、元米問屋『大黒屋』の大番頭伝兵衛の家のある浜松町に向かった。

北紺屋町の茶道具屋『一茶堂』は微風に暖簾を揺らしていた。

相沢新十郎は『一茶堂』に入った。

半次と鶴次郎は見届けた。

「茶道具屋の一茶堂か……」

「出来上がった品物を納めに来た風でもないな」

半次は眉をひそめた。

「ああ……」

半次と鶴次郎は、物陰に潜んで相沢の出て来るのを待った。


増上寺の広い境内は参拝客で賑わっていた。

半兵衛は、浜松町の伝兵衛の家を訪れて増上寺門前町に誘った。

隠居の伝兵衛は、町奉行所同心の訪問に戸惑いながらも、久し振りに訪れた客を喜んだ。

半兵衛は、門前の料理屋の座敷に伝兵衛を連れてあがった。

「ま、一杯やってくれ」

半兵衛は、伝兵衛に酒を勧めた。

「畏れ入ります……」

伝兵衛は、嬉しげに猪口に酒を受け、半兵衛の猪口に酒を満たした。

「すまないね」

半兵衛と伝兵衛は酒を飲んだ。

「それで白縫さま、お話とは……」

「うん。近江の高坂藩の国許の事なんだけどね」

「高坂藩の国許の事ですか……」

伝兵衛は戸惑った。

「うん。十年前、高木平内と云う家臣が、同僚の倉田忠和を斬って逐電した一件。知っているかな」

「ああ、その一件なら偶々《たまたま》高坂藩に米の買い付けに行っており、大騒ぎになったのを覚えております」

伝兵衛は、懐かしげに眼を細めた。

「そうか。では、その逐電した高木平内を知っているかい」

「はあ。高木さまは勘定方《かんじょうがた》だったので……」

「そりゃあ良かった」

ついている……。

半兵衛は喜んだ。

「で、高木平内、どのような男かな」

「はい。背の高い痩せた方にございまして、煙草がお好きでした……」

「煙草ね……」

半兵衛は、倉田和之進が煙草入れを腰に提げた浪人を仇の高木平内に間違えたのを思い出した。

「ええ。御武家さまには珍しく煙草入れを腰に提げられておりましてね」

「ほう、どのような煙草入れか覚えているかな」

半兵衛は、伝兵衛の猪口に酒を満たした。

「ありがとうございます。確か黒のなめし革の煙草入れだったと思います」

伝兵衛は酒をすすった。

「黒に間違いないかい」

「はい……」

「高木平内は背の高い痩せた男で、黒のなめし革の煙草入れを持っているか……」

「はい……」

「他に何か覚えている事はないかな」

「はあ……」

伝兵衛は酒をすすった。

「何でもいいのだが……」

「そう云えば高木さま、ある時、右足の足袋《たび》の親指の処が破れておりましてね。こっそりお教えしましたら、右足の親指が上向きに反っていましてね。どうしたのか尋ねたら、子供の時に親指の骨を折り、それ以来上を向いてしまったと、苦笑いをされていましてね」

高木平内は、子供の頃に右足の親指の骨が折れ、下手《へた》な手当をした為に上を向いたまま固まってしまったのだ。

「高木平内は、右足の親指が上を向いて反っているか……」

半兵衛は思いを巡らした。

「はい。御役に立つでしょうか」

伝兵衛は、心配げに眉をひそめた。

「うん。そりゃあもう充分、役に立つよ」

半兵衛は、伝兵衛の猪口に酒を満たした。

「そうですか。そりゃあ良かった」

伝兵衛は、嬉しげに酒を飲んだ。

倉田和之進は、高木平内の右足の親指が上向きに反っているのを、知っているのだろうか……。

半兵衛は酒をすすった。

増上寺の鐘が未《ひつじ》の刻八つ（午後二時）を告げた。


茶道具屋『一茶堂』は繁盛していた。

相沢新十郎は、店に入ったまま中々《なかなか》出て来なかった。

半次と鶴次郎は、相沢が出て来るのを待った。

「相沢さん、店の中にはいないな」

店内に相沢の姿は見えず、番頭の清八と手代の利助が客の相手をしていた。

「旦那と奥で逢っているのかな……」

鶴次郎は眉をひそめた。

「旦那とか……」

「ああ……」

鶴次郎は頷いた。

「そいつはどうかな……」

半次は首を捻《ひね》った。

浪人とは云え出入りの職人だ。旦那と逢う事は余りないはずだ。

「だが、逢っているとしたら……」

鶴次郎は読んだ。

「旦那と職人以上の関わりがあるのかな」

「ああ、かもしれない」

半次は眉をひそめた。

「一茶堂の旦那、調べてみるか……」

「そうだな……」

半次は頷いた。

「よし。一廻りしてくるぜ」

鶴次郎は、半次を残して聞き込みに向かった。

僅かな刻が過ぎ、相沢新十郎が『一茶堂』から出て来た。

半次は、ようやく出て来た相沢を見て思わず吐息を洩らした。

相沢は、手代の利助に見送られて日本橋の通りを京橋に戻った。

半次は追った。

日本橋の通りは人々が忙しく行き交っていた。

相沢は尾張町《おわりちょう》を過ぎた辻を曲がり、三十間堀に向かった。

三十間堀には新《あたら》し橋《ばし》が架かっており、渡ると木挽町だ。

相沢の足取りには、迷いや躊躇《ためら》いはまったく感じられなかった。

高坂藩江戸下屋敷に行くのか……。

半次は、慎重に尾行を続けた。


高坂藩江戸下屋敷は表門を閉めていた。

相沢新十郎は、閉められた表門を見上げた。

半次は、斜向《はす む》かいの町家の路地に潜んで見守った。

「相沢新十郎か……」

半兵衛が背後から囁いた。

木挽町は増上寺と北町奉行所の間にある。

半兵衛は、帰り道に立ち寄った。

「旦那……」

半次は驚いた。

「何しに来たのかな」

半兵衛は相沢を示した。

「そいつがまだ……」

半兵衛と半次は相沢を見守った。

相沢は潜り戸を叩いた。

潜り戸が開き、中間が顔を出した。

相沢は中間に何事かを告げ、書状を手渡して日本橋の通りに向かった。

「旦那……」

半次は眉をひそめた。

「おそらく倉田への書状だろう。私が確かめるよ」

「じゃあ、あっしは相沢を……」

「うん。気をつけてな」

「はい。御免なすって……」

半次は相沢を追った。

半兵衛は、路地を出て高坂藩江戸下屋敷に向かった。潜り戸が開き、倉田和之進が書状を手にして飛び出して来た。

「やあ……」

半兵衛は笑った。

「白縫どの……」

倉田は戸惑った。

「書状を持って来た浪人は、すでに立ち去りましたよ」

「どっちに行きました」

倉田は、焦りを浮かべて辺りを見廻した。

「日本橋の通りに……」

日本橋の通りに行く道には、誰の姿も見えなかった。

「そうですか……」

倉田は肩を落とした。

「浪人、何者ですか……」

「仇の高木平内です」

「高木平内……」

半兵衛は戸惑った。

「はい」

倉田は頷いた。

「それで、高木は何と云って来たのですか」

「父親の仇が討ちたいならば、尋常の勝負をしようと……」

倉田は、書状を握り締めた。握り締めた手が小刻みに震えた。

「尋常の勝負……」

半兵衛は眉をひそめた。

「はい。明日、寅《とら》の刻七つ半（午前五時）に馬喰町《ばくろちょう》の初音《はつね》の馬場《ばば》で……」

高木平内は、倉田和之進に尋常の勝負を挑んで来た。そこには、返り討ちにすると云う決意が込められている。

半兵衛は睨んだ。だが、納得し難い何かを感じた。

相沢新十郎は高木平内なのか……。

半兵衛は、相沢新十郎の右足の親指が上向きに反り返っているかどうか分からなかった。

「それでどうします……」

「行きます。初音の馬場に行って闘い、何もかも終わりにします」

倉田は、昂《たか》ぶりと怯えに声を震わせ、己に言い聞かせるように告げた。

「倉田さん……」

「闘わなければ何も終わらず。何も前には進まないのです」

「助太刀はいるのですか……」

「これ以上、藩の方々に迷惑は掛けられません」

倉田は、哀しげに首を横に振った。

「ならば一人で……」

半兵衛は眉をひそめた。

倉田和之進は、相沢新十郎に勝てない……。

半兵衛はそう見ていた。

「はい」

倉田は覚悟を決めた。

「たとえ返り討ちにあってもですか……」

「はい」

倉田は、今にも泣き出しそうな顔で頷いた。

半兵衛は、倉田を密かに哀れんだ。

四

暮六つ（午後六時）の鐘が鳴った。

一石橋の袂の蕎麦屋は仕事帰りの客で賑わっていた。

半兵衛は、半次や鶴次郎と座敷にあがった。

「明日、寅の刻七つ半（午前五時）に初音の馬場ですか……」

半次は、眉をひそめて酒をすすった。

「うん。それで、相沢新十郎は真っ直ぐ竜閑橋の長屋に帰ったのかい」

「はい……」

半次は頷いた。

「となると、相沢が出掛けてした事は、茶道具屋の主に逢い、倉田に書状を渡しただけか」

「ええ……」

「その茶道具屋の主。平左衛門って名前でしてね。中々遣り手《やて》の商人らしいですよ」

鶴次郎は手酌で酒をすすった。

「平左衛門ねえ……」

「女房子供はいない独り身でしてね。五年前に茶道具屋の一茶堂を開きまして、店は番頭に任せ、平左衛門は専《もっぱ》ら大身旗本や大店の隠居などのお得意さま廻りをしているとか……」

「平左衛門、茶道具屋を開くまで、何処で何をしていたんだい……」

半兵衛は尋ねた。

「そいつなんですが、良く分からないんですよ」

「良く分からない」

半兵衛は眉をひそめた。

「はい。元は上方で茶道具屋を営んでいたとか、茶の宗匠《そうしょう》だったとか、侍だったとか、いろいろありましてね。結局、良く分からないんですよ」

「そうか……」

半兵衛は、猪口の酒をすすった。

「それで鶴次郎、相沢さんが平左衛門にどんな用があって逢ったのか、分かったのか……」

半次は尋ねた。

「いいや。そこまではな……」

鶴次郎は首を横に振った。

「そうか……」

半次は手酌で酒を飲んだ。

「処《とこ》で旦那、相沢さんがやっぱり高木平内なんですかね」

鶴次郎は眉をひそめた。

「そいつなんだが、高木平内は黒いなめし革の煙草入れを持っており、右足の親指が上向きに反り返っているそうなんだが、相沢新十郎、その辺はどうかな」

「さあ、気が付きませんでしたが……」

鶴次郎は首を捻った。

「あっしも……」

半次は頷いた。

「そうか……」

「それで旦那、倉田さんは明日、初音の馬場に行くのですか」

半次は眉をひそめた。

「うん。本人は行く気だよ」

「無事に仇は討てますか」

「相手が相沢新十郎だったら無理だ。返り討ちになるだけだね」

「そうですか……」

半次と鶴次郎は顔を見合わせた。

「よし。半次と鶴次郎は、引き続き倉田と相沢を見張ってくれ。私は一茶堂の平左衛門に逢ってみるよ」

半兵衛は、蕎麦をすすって腹拵《はらごしら》えをした。


北紺屋町の茶道具屋『一茶堂』は大戸を閉めていた。

半兵衛は、『一茶堂』の潜り戸を叩いた。

「どちらさまでしょうか……」

住み込みの手代の利助が、店の中から探るように応じた。

「私は北町奉行所臨時廻り同心の白縫半兵衛と云う者だが……」

「は、はい。少々お待ち下さい」

手代の利助は、慌てて潜り戸を開けた。

「どうも御無礼致しました。どうぞ……」

利助は、半兵衛を店に招いた。

「旦那の平左衛門、いるかな」

半兵衛は『一茶堂』に入った。

「は、はあ。旦那さまは、お出掛けになっておりますが……」

利助は、戸惑いと怯えを過《よ》ぎらせた。

「出掛けている……」

「はい……」

「何処に行ったのかな」

「それは、存じません……」

「知らない」

半兵衛は眉をひそめた。

「は、はい。どうぞ、お掛け下さい」

利助は、滲む怯えを隠すように茶を淹《い》れはじめた。

半兵衛は框に腰掛けた。

茶道具屋『一茶堂』平左衛門は、手代に行き先も告げずに出掛けていた。

「出掛ける先が分からないってのは、よくあるのかな」

「十日に一度ほど……」

利助は、躊躇いがちに答えた。

「女かな……」

半兵衛は苦笑した。

「さあ、手前には分かりません」

利助は否定した。だが、その眼は、〝きっと……〟と頷いていた。

平左衛門には女がおり、十日に一度の割で通っているのだ。そして、女が何処の誰かは、奉公人も知らない。

「そうか……」

「申し訳ございません。どうぞ……」

利助は詫び、茶を差し出した。

「すまないね。処《ところ》で平左衛門は黒いなめし革の煙草入れを持っているかな」

半兵衛は茶をすすった。

「はい……」

利助は頷いた。

「じゃあ、右足の親指、上向きに反り返っちゃあいないかな」

「はい。それで右足の足袋が親指の処から破けると、時々ぼやいております」

「やっぱりね……」

茶道具屋『一茶堂』の主の平左衛門が、元高坂藩家臣の高木平内なのだ。高木平内は、仇として追われる歳月を過ごし、五年前に武士の身分を棄てて江戸の片隅でひっそりと暮らして来ていた。

相沢新十郎は、平左衛門が仇として追われている高木平内だと知った。そして、討手《うって》の倉田和之進が、高木平内の顔を知らないのに気付き、身代りを引き受けた。

相沢新十郎が、身代りを引き受けた理由は何なのか……。

半兵衛は思いを巡らせた。

金……。

半兵衛は、相沢の妻が心の臓を患《わずら》っているのを思い出した。

病の妻と幼い娘……。

金はあればある方が良い……。

おそらく、相沢は少しでも多くの金が欲しいのだ。

相沢新十郎は、高木平内として討手の倉田和之進を返り討ちにし、平左衛門から金を貰う約束なのだ。

いずれにしろ、平左衛門に逢わなければならない……。

半兵衛は、平左衛門の行方を追う事にした。


長屋の木戸に潜んだ鶴次郎は、相沢の家に灯っている小さな明かりを見つめていた。


燭台《しよくだい》の小さな炎は、仄《ほの》かに辺りを照らしていた。

相沢新十郎は、小刀で竹を十六分割し、穂になる部分を外側に折り曲げて茶筅を作っていた。

襖《ふすま》の向こうの部屋から、病の妻の喜和《きわ》と娘のおゆきの寝息が聞こえてきた。

相沢は、作り掛けの茶筅と小刀を置き、傍らの刀を手にして抜き放った。

白刃は仄かな炎に鈍く輝いた。

高木平内に扮《ふん》し、討手の倉田和之進を返り討ちにして五十両の金を貰う。

五十両あれば、喜和に心の臓の薬を充分なだけ買ってやれる。

相沢新十郎は、鈍く輝く白刃を見つめた。

高坂藩江戸下屋敷は夜の闇に覆われていた。

半次は、斜向かいの町家の路地に潜み、下屋敷を見張った。

倉田和之進は、本当に初音の馬場に行くのか……。

倉田は、十年もの年月を当てもなく父親の仇を追う旅を続けて来た。そして、明日の朝早く討手として父親の仇と斬り合いをしなければならない。

身から出た錆《さび》でもないのに気の毒に……。

半次は、倉田和之進に同情した。


丑《うし》の刻八つ半（午前三時）が過ぎた。

約束の寅の刻七つ半まで後一刻（二時間）だ。

半次は、高坂藩江戸下屋敷を見守った。

潜り戸が開き、旅姿の倉田和之進が現れた。倉田は下屋敷に一礼し、足早に日本橋の通りに向かった。

半次は、路地を出て追った。

初音の馬場は馬喰町三丁目にあり、その昔は馬乗馬場、追廻しとされ、駅路《うまやじ》があった。そして、初音の馬場の東には神田川に架かる浅草御門があり、両国広小路や大川がある。

倉田和之助は、充分な刻を見計らって向かった。

半次は追った。

月は明るく、倉田の影を映していた。


竜閑橋の傍の長屋を出た相沢新十郎は、神田堀沿いを両国に向かった。

鶴次郎は慎重に追った。

日本橋の通りを横切り、伝馬町の牢屋敷の傍を通って亀井町《かめいちょう》を抜けると馬喰町であり、初音の馬場はある。

相沢は、腰に黒いなめし革の煙草入れを提げて夜道を進んだ。

高木平内が持っているはずの黒いなめし革の煙草入れだ……。

鶴次郎は追った。


寅の刻七つ（午前四時）が過ぎ、夜が明け始めた。

約束の寅の刻七つ半まで、後半刻（一時間）を切った。

初音の馬場は夜明けを迎えた。

倉田和之進は、初音の馬場の隅に佇んで高木平内の現れるのを待った。

半次は物陰から見守った。

「半次……」

背後に鶴次郎がやって来た。

「相沢さん、来たか……」

「ああ。腰に黒いなめし革の煙草入れを提げてな……」

馬場の反対側に相沢新十郎が現れた。

「来た……」

半次は息を詰めた。

鶴次郎は喉を鳴らして頷いた。

相沢新十郎と倉田和之進は静かに対峙《たいじ》した。

倉田和之進は羽織を脱ぎ棄てた。そして、刀の下《さ》げ緒《お》で襷《たすき》をして進み出た。

「高木平内……」

倉田は、相沢を見据えた。

「倉田和之進、お父上忠和どのの仇、見事に討ち果たすがよい」

相沢は小さな笑みを浮かべた。

「参る……」

倉田は刀を抜き払った。

相沢は、抜き打ちに構えて間合いを詰めた。

倉田は、咄嗟《とっさ》に後退《あとずさ》りして間合いを保った。

額に汗が滲み、昇る朝日に光った。

相沢は苦笑し、一気に間合いを詰めた。

「おのれ……」

倉田は、迫る相沢に猛然と斬り掛かった。

相沢は怯《ひる》みもせず、抜き打ちの一刀を横薙《よこな》ぎに放った。

刃の咬《か》み合う音が甲高く響き、倉田の刀が宙に飛び、朝日を受けて煌めいた。

倉田は仰向けに倒れた。

相沢は、抜き身を提げて倒れた倉田に近づいた。倉田は恐怖に激しく震え、無様に後退りをした。

返り討ち……。

倉田は覚悟を決めた。

国許に残してきた母親と妹、そして高木平内を追った十年の歳月が脳裏を過ぎった。

「それまでだ」

半兵衛が鋭い声を響かせ、馬場の入口に現れた。

相沢は、怪訝に立ち止まった。

「白縫どの……」

倉田は声を嗄《か》らし、肩を激しく上下させた。

「倉田さん、斬り合っている相手は、お父上の仇の高木平内ではない」

「えっ……」

倉田は戸惑った。

相沢は眉をひそめた。

「高木平内どのは五年前、行き倒れて小石川養生所《こいしかわようじょうしょ》の医師に看取られて死に、最早《もはや》この世にはいない」

半兵衛は、厳しい面持ちで告げた。

「死んだ……」

倉田は、困惑した面持ちで相沢を見つめた。

相沢は凍《い》てついた。

「左様。その方は高木平内どのと縁のある相沢新十郎さんだ」

「相沢新十郎……」

倉田は、唖然《あぜん》とした面持ちで相沢を見た。

「そうですな、相沢さん……」

相沢は言葉を失った。

半兵衛は微笑んだ。

「此処に小石川養生所の肝煎《きもいり》医師小川《おがわ》良哲《りょうてつ》先生の書いた行き倒れで死んだ近江浪人高木平内どのの死亡見届の覚書《おぼえがき》がある。眼を通すがいい」

半兵衛は、一通の覚書を倉田に差し出した。

倉田は、覚書を慌てて読み下した。

「高木平内は死んでいた……」

倉田は呆然《ぼうぜん》と呟いた。

「左様……」

半兵衛は頷いた。

「白縫どの……」

「何なら、この覚書を持って国許に帰り、藩に差し出すがよい。藩に帰参は叶わないだろうが、母上や妹御と一緒に暮らす事は出来る」

「はい……」

倉田は、覚書を握り締めた。

「ならば、これも持っていかれるがいい」

相沢は、腰に提げていた黒いなめし革の煙草入れを差し出した。

「これは……」

倉田は、煙草入れを見つめた。

「高木平内どのが大切にしていた煙草入れだ。仇として追われ、死を覚悟した時、私に残した唯一の形見。高木平内が死んだ確かな証拠、覚書と一緒に藩に差し出すがよかろう」

「はい……」

倉田は、煙草入れを受け取り、相沢に深々と頭を下げた。

「相沢さん……」

半兵衛は相沢に黙礼した。

相沢は苦笑した。

半次と鶴次郎が駆け寄って来た。

陽は昇り、新しい一日が始まった。


倉田和之進は、高木平内死亡見届の覚書と黒いなめし革の煙草入れを持って、初音の馬場から近江国高坂藩に旅立った。

半兵衛、半次、鶴次郎、そして相沢新十郎は見送った。

「相沢さん、高木平内の身代りになり、倉田和之進を返り討ちにする企《くわだ》て、邪魔をしたようですな」

「左様。だが、邪魔をされて良かった……」

相沢は淋しげな笑みを浮かべた。

「相沢さん、一茶堂の主平左衛門は、元高坂藩藩士の高木平内が、五年前に行き倒れで死んだとするのに納得しましてね」

「そうですか……」

「ですが、相沢さんにお願いした身代り代は約束通りに払うそうですよ」

半兵衛は、茶道具屋『一茶堂』の主平左衛門の行方を追ってようやく見つけた。そして、高木平内の五年前の死を提案した。平左衛門は高木平内の死を納得した。それは、『一茶堂』の主平左衛門として新たに生きて行く決意でもあった。

十年間に及ぶ逃亡と隠れ暮らす日々は、武士の己を棄てるのに迷いや躊躇いを与えなかった。

半兵衛は、相沢新十郎が身代りになると云って来た事情を聞いた。

その背後には、やはり妻の病の薬代が潜んでいた。半兵衛は、平左衛門に約束通りの身代り代を払うように頼んだ。平左衛門は頷いた。

平左衛門と約束した半兵衛は、小石川養生所肝煎医師の小川良哲を訪れ、高木平内死亡見届覚を偽造して貰った。

「そうですか。御造作をお掛けした」

相沢は、半兵衛に頭を下げて礼を述べた。

「いいえ。世の中には、私たち町方同心が知らん顔をした方がいいことありましてね。騒ぎ立てれば、関わりのある者を追い詰めるだけです」

「白縫さん、どうやら私は金欲しさに要らざる真似をしたようだ」

相沢は、悔やみを過ぎらせた。

「いいえ。倉田和之進と平左衛門を武士の掟としがらみから抜け出すのを早めてやっただけですよ」

半兵衛は笑った。


相沢新十郎は、竜閑橋の傍の長屋に帰って行った。

仇討ち騒ぎは、一人の犠牲者も出さずに終わった。

「さあて、私たちも引き上げるか……」

半兵衛は、大きく背伸びをした。

「それにしても、高木平内さん、五年前に死んでいたとは……」

半次は苦笑した。

「うん。すでに死んでいる者は、追うわけにも討つわけにもいかないからね」

「養生所の良哲先生を巻き込むとは、半兵衛の旦那も良くやりますよ」

鶴次郎は呆れた。

「なあに、事情を詳しく話したら、幾らでも書くと云ってくれたよ」

半兵衛は笑った。

「さあて、半次、鶴次郎、引き取って充分に休んでくれ。夜、酒の仕度をしておく、一杯やりに組屋敷に来るがいい……」

「はい。で、旦那は……」

「うん。届けられている倉田和之進の仇討免許状の始末をね……」

半兵衛は笑い、初音の馬場を出た。

浅草御門前は浅草や両国広小路に行く者たちで賑わっていた。

暑い一日が始まる……。

半兵衛は、眩しげに眉をひそめた。

第三話　腐れ縁

一

船着場に繋《つな》がれた屋根船や猪牙舟《ちょきぶね》は、神田川の流れに揺れていた。

岡っ引の本湊の半次は、柳橋の船宿『笹舟』の主の弥平次に逢って用を済ませ、両国広小路に出た。

両国広小路には見世物小屋や露店《ろてん》が並び、見物客や行き交う人々で賑わっていた。

大川に架かっている両国橋は、長さ九十六間あって両国と本所を繋いでいる。

その両国橋の西詰には露店が並び、托鉢坊主《たくはつぼうず》の雲海坊が下手《へた》な経を読んでいた。

半次は苦笑し、真面目な顔で経を読んでいる雲海坊の頭陀袋《ずだぶくろ》に文銭《ぶんせん》を入れた。

雲海坊は、小さな笑みを浮かべて大声で経を読んだ。

「景気はどうだい」

半次は雲海坊の背後に廻り、小声で話し掛けた。

「まあまあです」

雲海坊は、探索のない時には両国橋の袂《たもと》で托鉢をしていた。

「で、今日は……」

「弥平次親分にちょいと用がな……」

「そうですか……」

雲海坊は、半次と話しながら経を読んだ。

質素な身なりの中年増《ちゅうどしま》が、雲海坊の頭陀袋に文銭を入れて両国橋に立ち去った。

雲海坊は、経を読みながら深々と頭を下げた。

いい、おかよ……。

半次は、両国橋に立ち去って行く中年増を呆然《ぼうぜん》と見送った。

両国橋を行く中年増の横顔は、どう見てもおかよだ。

「雲海坊、邪魔したな」

半次は、中年増を追って両国橋に急いだ。

「半次の親分……」

雲海坊は、戸惑い浮かべて半次を見送った。


大川に架かる両国橋は、大勢の人が行き交っていた。

半次は、行き交う人に紛れながら中年増を追った。

中年増は、幼馴染《おさなな じ》みのおかよなのか、それとも良く似た女なのか……。

半次は追った。

風呂敷包みを抱えた中年増の後ろ姿は、疲れているのか重い足取りで、どことなく淋しげだった。

もし、おかよだったらまだ文七《ぶんしち》と一緒なのか……。

文七の気の弱そうな顔が、半次の脳裏を過《よ》ぎった。

中年増は両国橋を渡り、本所元町《ほんじよもとまち》を抜けて竪川《たてかわ》沿いの道を二ッ目之橋に向かった。

本所竪川は、大川から下総中川《しもうさなかがわ》を繋いでいる掘割である。

中年増は二ッ目之橋を渡り、萬徳山弥勒寺《まんとくざんみろくじ》の傍を通った。そして、五間堀《ごけんぼり》を渡って深川北森下町《ふかがわきたもりしたちよう》の長屋の木戸を潜り、一番奥の家に入った。

半次は見届けた。

中年増はおかよなのか……。

昼下がりの長屋は静まり、行商人の売り声が長閑《のどか》に響いていた。

半次は、北森下町の自身番に急いだ。


深川北森下町の自身番は、五間堀に架かる弥勒寺橋の袂にあった。

「勘助《かんすけ》長屋ですか……」

店番は、町内の名簿を開いた。

「ええ。勘助長屋の一番奥の家です」

半次は店番に告げた。

「一番奥ねえ……」

店番は名簿を見た。

「ああ。これだ。かよ、二十七歳……」

「生まれは何処《どこ》です」

「浜松町になっているよ」

かよ、浜松町生まれの二十七歳……。

おかよだ……。

半次は、中年増が幼馴染みのおかよだと見定めた。

「どんな仕事をしているのか、分かりますかい……」

「深川八幡宮の門前の料理屋で仲居をしていますね」

「料理屋の仲居……」

「ええ。長屋に入る請人《うけにん》は、料理屋の女将《おかみ》さんになっているね」

店番は、大家から自身番に届けられている事を告げた。

「で、おかよ、一人暮らしですかい」

半次は尋ねた。

「ま、届けではね……」

店番は、小さな嘲《あざけ》りを過ぎらせた。

大家には一人暮らしと届けていても、実際は男と一緒と云うのは良くある事だ。

「そうですか……」

半次は苦笑した。

おかよが本当に一人暮らしかどうかは、調べてみればすぐに分かる。

半次は、自身番の店番に礼を云って勘助長屋に戻った。

勘助長屋の井戸端では、おかみさんたちが野菜売りの老百姓を囲んでいた。

半次は木戸で見守った。

おかみさんたちは、大根や葱《ねぎ》や青菜を買い、それぞれの家に引き取った。

老百姓は僅かに残った野菜を入れた竹籠《たけかご》を背負った。

「お爺さん……」

一番奥の家からおかよが出て来た。

「やあ……」

老百姓は、歯の抜けた口元を綻《ほころ》ばせた。

「青菜をくださいな」

「はいよ」

おかよは、老百姓から青菜を買って家に戻った。老百姓は、おかよに礼を云い、竹籠を背負って長屋の木戸を出た。

半次は老百姓を追った。

五間堀の流れは、本所竪川と深川小名木川《おなぎがわ》を南北に繋ぐ六間堀《ろっけんぼり》に続いている。

半次は、弥勒寺橋で老百姓を呼び止めた。

「おかよさんですか……」

老百姓は白髪眉をひそめた。

「うん。一人暮らしかどうか、分かるかな」

半次は、老百姓に素早く小粒を握らせた。

「一人暮らしは一人暮らしでしょうが、時々、男が来ていますよ」

老百姓は、小粒を固く握り締めた。

「どんな男かな……」

「どんなって、甘ったるい面をした痩せた野郎だったと思いますよ」

「甘ったるい面をした痩せた野郎……」

半次は眉をひそめた。

文七に違いない……。

おかよは、未だに文七と関わりを持っているのだ。

あれだけ泣かされたってのに……。

呆れる半次の脳裏に〝腐《くさ》れ縁《えん》〟と云う言葉が過ぎった。

未《ひつじ》の刻八つ（午後二時）の鐘が鳴り響いた。

おかよは、小さな風呂敷包みを抱えて長屋を出て、竪川とは反対の小名木川に向かった。

半次は尾行した。

小名木川は竪川と並んで東西に流れ、下総の中川に続き、荷船が行き交っていた。

おかよは、小名木川に架かる高橋《たかばし》を渡り、仙台堀《せんだいぼり》に急いだ。やがて、仙台堀に架かる海辺橋《うみべばし》が見えた。

海辺橋を渡ると、様々な掘割が縦横に入り込んだ地となり、富ヶ岡《とみおか》八幡宮の門前町が広がっていた。

おかよは門前町を進んだ。

門前町は、すでに白粉《おしろい》と酒の香り、そして三味線《しゃみせん》や太鼓《たいこ》の音色が漂っていた。

おかよは、通い奉公をしている料理屋『喜多八《きたはち》』の裏手に入って行った。

半次は、料理屋『喜多八』の裏手に廻った。

料理屋『喜多八』の裏手は掘割に面し、女中や下男たちが忙しく働いていた。

半次は、掘割越しに『喜多八』の裏手を見張った。やがて、前掛けをしたおかよが現れ、朋輩《ほうばい》たちと台所仕事を始めた。

半次は見守った。

陽は西に傾き始め、門前町は岡場所に行く男たちで賑わった。

掘割に軒行燈《のきあんどん》の明かりが映えた。

岡場所は華やかな明かりを灯し、艶《あで》やかな三味線の音色を響かせて男たちを誘った。


料理屋『喜多八』は、岡場所の行き帰りの客で賑わっていた。

おかよは、台所や井戸端、そして座敷で休む暇もなく働いていた。

半次は見守った。

刻が過ぎ、料理屋『喜多八』の客の出入りは落ち着いた。

おかよは、井戸端で一息つき、汗に濡れた解《ほつ》れ髪をそっと掻き上げた。

半次は、掘割越しに見張った。

「おかよ……」

痩せた男が、表へ続く路地の暗がりに現れた。おかよは、台所にいる人々を窺い、素早く暗がりにいる男の許に走った。

文七……。

男は文七だった。

半次は見守った。

文七は、優しげな面持ちでおかよに何事かを頼んだ。おかよは、困ったように眉をひそめた。文七は、まるで母親に甘えるかのようにおかよに囁《ささや》き続けた。おかよは吐息を洩らし、財布から金を出して文七に渡した。文七は貰った金を見定め、おかよに少年のような笑顔を向け、小さく頭を下げて踵《きびす》を返した。

おかよは見送った。

半次は、掘割に架かる小橋を渡り、料理屋『喜多八』の表に走った。

料理屋『喜多八』の路地を出た文七は、掘割沿いの道を大川に向かっていた。

半次は追った。

文七は、おかよに見せた殊勝な様子とは違い、着流しの裾を手にして鼻歌交《ま》じりに進んだ。

文七の野郎、餓鬼の頃と少しも変わってねえ……。

おそらく正業に就かず、遊び人として楽な暮らしをしているのだ。

半次は、眉をひそめて追った。

文七は、町家を抜けて武家屋敷の連なりに入った。真田信濃守《さなだしなののかみ》や南部美濃守《なんぶみののかみ》などの大名家の下屋敷や旗本屋敷があり、その向こうには大川に架かっている永代橋《えいたいばし》が見えた。

文七は、或る武家屋敷の裏門に廻った。

半次は、闇を透かして見守った。

文七は、裏門を小さく叩き、現れた中間《ちゅうげん》に笑顔を向けて屋敷内に入った。

半次は見届けた。

武家屋敷の中間部屋では賭場《とば》が開帳されている。

半次は睨《にら》んだ。

文七のような半端な野郎が、武家屋敷を訪れる用は中間部屋の賭場しかない……。

文七は、おかよに金をせびり、博奕《ばくち》遊びに来たのだ。

文七の野郎……。

半次は、微かな腹立たしさを覚えた。

大川には船の明かりが映えていた。

永代橋の東詰には、夜鳴蕎麦屋《よなきそばや》の屋台が出ていた。

「いらっしゃい」

「父っつあん、蕎麦を頼むぜ」

「へい」

蕎麦屋の親父は蕎麦を作り始めた。

「父っつあん、この辺りの御武家の屋敷の中間部屋で賭場が開帳されているそうだが、知っているね」

「えっ……」

親父は戸惑った。

「来るんだろう、蕎麦の注文……」

半次は、親父を見据えて懐《ふところ》の十手を僅かに見せた。

親父は、微かな怯《おび》えを過ぎらせた。怯えは、賭場から蕎麦の注文があるのを認めた証《あかし》だ。

半次は苦笑した。

「知っての通り、町方は中間部屋の賭場に踏み込めやしねえ。だから、父っつあんのお得意さまに手出しはしねえ。出入りしている遊び人を調べているだけだ」

半次は、夜鳴蕎麦屋の親父を安心させた。

「へい……」

「賭場、何様のお屋敷だい」

「安房《あわ》の岩間《いわま》藩の下屋敷です」

「岩間藩の下屋敷か……」

文七の入った武家屋敷は、安房国岩間藩江戸下屋敷だった。

「おまちどおさま……」

親父は、湯気の立つ蕎麦を差し出した。

半次は蕎麦をすすった。

「父っつあん、美味《うま》いぜ」

半次は笑った。

「そいつは良かった」

夜鳴蕎麦屋の親父は、安心したような笑顔になった。

大川から櫓《ろ》の音が甲高く響いた。

一刻（二時間）が過ぎた頃、岩間藩江戸下屋敷から文七が出て来た。

文七は、裏門を出た処《ところ》で塀に小便を掛けた。

どうやら博奕は負けたらしい……。

半次は嘲笑した。

文七は、掘割沿いを仙台堀に向かった。

半次は追った。

仙台堀に出た文七は、掘割沿いの道を東に急いだ。そして、仙台堀に架かる亀《かめ》久橋《ひさばし》の袂の居酒屋に入った。

半次は、僅かな間を置いて居酒屋に入った。


居酒屋の店内は薄暗く、僅かな客が酌婦《しやくふ》を相手に酒を飲んでいた。

半次は、片隅に座って酒を頼み、文七を捜した。文七は、店の奥で若い酌婦を抱き寄せて酒を飲んでいた。

半次は眉をひそめた。

「おまたせ……」

厚化粧の大年増の酌婦が酒を持って来て、半次の隣に座って酌をした。

半次は注がれた酒を飲み干し、空になった猪口《ちょこ》を酌婦に渡した。

「ま、一杯やんな」

「あら。嬉しい」

大年増の酌婦は、滅多に客に呼ばれないのか喜んだ。

半次は大年増に酒を注いだ。

「いただきます」

大年増の酌婦は、酒を美味そうに飲んだ。

「ああ、美味しい。さあ、お客さん……」

大年増の酌婦は、半次に身を寄せて酒を注いだ。安物の白粉の匂いが鼻を衝《つ》き、半次は思わず眉をひそめた。

文七は、若い酌婦の胸をまさぐり、淫靡《いんび》な笑いを洩らした。

「賑やかだな……」

半七は苦笑した。

「ああ。半端な遊び人と男好きの酌婦。いちゃつくなら家に帰ってやれってんだ」

大年増の酌婦は眉をひそめた。

「家って、あの二人、夫婦なのかい」

「夫婦じゃあないけど、あの文七って遊び人、おもんちゃん、あの酌婦の名前だけど。おもんちゃんの家に入り浸っているんだよ」

文七は、若い酌婦のおもんの家に入り浸っている。

「おもんの家、何処なんだい」

「この先の木置場《きおきば》を抜けた処に潰れた荒物屋がありましてね。そこですよ」

「潰れた荒物屋……」

「ええ。旦那、去年酔っ払って横川《よこかわ》に落ちて溺れ死にをしちまいましてね」

横川は、東西に流れる竪川、小名木川、仙台堀と交差する南北に流れる掘割だ。

「それで荒物屋は潰れ、残された若いおかみさんがおもんちゃんなんですよ」

「じゃあ、おもんは後家《ごけ》さんなのかい」

半次は戸惑った。

「ええ。若後家って奴ですよ」

酌婦のおもんは若後家であり、文七はその家に入り浸っていた。

おかよは、それを知っているのか……。

半次は思いを巡らせた。

大年増の酌婦は、いつの間にか手酌で酒を飲んでいた。

その夜、文七はおもんの家に泊まった。

半次は見届けた。

文七は、おかよに金をせびっては賭場に通い、若い後家のおもんと遊んでいる。

おかよはそれを知っていて、せびられるままに金を渡しているのか。

もし、知っていて渡しているとなると……。

半次は、不意に淋しさを覚えた。

仙台堀の流れは暗く揺れていた。

二

北町奉行所の屋根瓦《やねがわら》は、夏の陽差しに熱く焼けていた。

半兵衛は、半次と鶴次郎を表門脇の腰掛に待たせ、同心詰所に入って行った。

半次は大欠伸《おおあくび》をした。

「昨夜、遅かったのか……」

鶴次郎は、半次に怪訝《けげん》な眼差しを向けた。

「う、うん。鶴次郎、おかよちゃん、覚えているか」

「おかよちゃんって……」

鶴次郎は眉をひそめた。

「浜松町の小料理屋の娘だ」

「ああ。お前が餓鬼の頃、惚れていた娘か」

鶴次郎は思い出した。

「うん。そのおかよだ」

半次は苦く笑った。

半次と鶴次郎は幼馴染みだった。二人は同じ年頃の仲間と神明町《しんめいちょう》や浜松町、そして三縁山増上寺《さんえんざんぞうじょうじ》の境内《けいだい》で遊び廻った。その時の仲間におかよと文七がいた。

そして、十五歳になった時、半次は火消し『め組』の若い衆になり、鶴次郎は芝居一座の大部屋の役者になった。そして、おかよは実家の小料理屋の手伝いをし始め、文七は大店《おおだな》の住み込み奉公に出た。

幼馴染みたちは、大人になってそれぞれの道に旅立って行った。

「そのおかよちゃんがどうかしたのか」

「昨日、見掛けてな……」

「へえ、で、おかよちゃん、達者だったかい」

「まあな……」

半次は、浮かぬ顔で頷《うなず》いた。

「どうかしたのか」

「文七の野郎が付きまとっていやがった」

半次は吐き棄てた。

「文七……」

鶴次郎は戸惑った。

「ああ。文七の野郎、おかよちゃんに金をせびっていた」

「金をな……」

鶴次郎は、苛立ちを過ぎらせた。

「で、どうするつもりだ」

「少し様子を見守ろうと思うが……」

半次は、眩《まぶ》しげに同心詰所を見た。

「よし。お前の代わりに俺が半兵衛の旦那のお供をするし、仔細《しさい》は俺が話しておくぜ」

「いいのか」

「ああ……」

鶴次郎は、無双《むそう》の半纏《はんてん》の緋牡丹《ひぼたん》の絵柄を濃紺の裏に返して着た。それは、鶴次郎なりの覚悟だった。

「そうか。じゃあ、半兵衛の旦那に呉々《くれぐれ》も宜しくお伝えしてくれ」

半次は、真剣な面持ちで頼んだ。

「引き受けた。さあ、早く行け」

鶴次郎は急かした。

半次は、北町奉行所の表門を出て、本所に走った。

鶴次郎は見送った。

「半次、どうかしたのかい」

半兵衛が同心詰所から出て来た。

「旦那……」

鶴次郎は半兵衛を迎えた。

半兵衛は、半纏を濃紺に返している鶴次郎に怪訝な眼差しを向けた。

「鶴次郎もどうかしたのか……」

「旦那、実は……」

「鶴次郎、話は蕎麦でもすすりながら聞こうか……」

半兵衛は、鶴次郎を一石橋の袂の蕎麦屋に誘った。


大川の煌《きら》めきは、行き交う船を包み込んでいた。

半次は両国橋を渡り、おかよの住んでいる勘助長屋に急いだ。

本所竪川二ッ目之橋を渡り、弥勒寺の傍を抜けて五間堀に架かる弥勒寺橋に向かおうとして立ち止まった。

弥勒寺橋をおかよが渡って来たのだ。

半次は、素早く物陰に潜んでおかよを見守った。

おかよは、弥勒寺の傍の豆腐屋に入った。

半次は見守った。

豆腐屋は煮売屋《にうりや》も営んでおり、おかよは油揚げと野菜の煮付けを買った。

どうする……。

半次は迷った。だが、迷いは一瞬だった。

半次は、買い物を終えて煮売屋から出て来るおかよの前に出た。

おかよは、俯《うつむ》き加減で半次の脇を通り抜けようとした。

「おかよちゃんじゃあねえか……」

半次は呼び掛けた。

おかよは立ち止まり、半次を怪訝に見上げた。

「やっぱり、おかよちゃんだ……」

半次は笑い掛けた。

「あの……」

おかよは戸惑った。

「俺だ。浜松町の半次だ」

半次は告げた。

「半ちゃん……」

おかよは、驚いたように半次を見つめ、探るように子供の頃の呼び名で尋ねた。

「ああ。半ちゃんだ」

半次は、笑顔で頷いた。

「半ちゃん。ううん、半次さん……」

おかよの眼に懐かしさが浮かんだ。

半兵衛は、せいろ蕎麦をすすり終えた。

「半次の初恋の女か……」

「ええ。ですが、半次が口説《くど》く前に文七って半端な野郎に口説かれちまいましてね」

「それで半次、振られたのかい」

鶴次郎は苦笑した。

「はい。あっさりと……」

「よくある話だな」

半兵衛は苦笑した。

「半次、その辺は奥手《おくて》なものでして……」

「で、昨日、その女にばったりと出逢ったってわけだ」

「はい。そうしたら、文七って半端な野郎がまだ付きまとっていたそうでしてね」

「それで、気になって見に行ったのか……」

「はい。旦那、一生懸命に務めます。申し訳ありませんが、しばらくあっしで御勘弁願います」

鶴次郎は、蕎麦を食べていた箸《はし》を置いて頭を下げた。

「うん。頼むよ」

「はい。お任せを……」

「鶴次郎、私に遠慮は無用だ。役に立つ事があれば相談するように、半次に伝えてくれ」

半兵衛は笑った。


弥勒寺門前の茶店の老婆は、半次とおかよに茶を差し出して奥に引っ込んだ。

「おかよちゃん、所帯を持ったのかい」

「ううん。お父っつあんが死んで浜松町の店が潰れて、おっ母さんが病で寝込んで、いろいろありましてね……」

おかよは、淋しげな笑みを浮かべて茶をすすった。

「所帯を持つ暇もなかったかい」

「ええ、まあ……」

おかよは言葉を濁し、楽しそうな笑みを浮かべた。

おかよは疲れた暮らしを隠し、楽しさを装っている……。

半次は、おかよを密かに哀れんだ。

「半次さん、今もめ組に……」

おかよは尋ねた。

「いや。火消しはもう辞めたよ」

「じゃあ……」

「御家人のお屋敷に奉公しているよ」

半次は素性を隠した。

「そう。大変ね」

「まあ、いろいろあるさ……」

半次は茶をすすった。

弥勒寺の鐘が午《うま》の刻九つ（正午）を告げた。

「あっ。御免なさい、半次さん。私、ちょっと……」

おかよは、縁台から立ち上がった。

「そうか。手間を取らせたな」

「ううん。じゃあ、また……」

おかよは、半次に微笑《ほほえ》みを残して弥勒寺橋を渡って行った。

半次は、充分に間合いを取っておかよを追った。


北森下町の勘助長屋は、昼間の静けさに包まれていた。

おかよは、油揚げと野菜の煮物を持って奥の家に入った。

家に誰かいるのか……。

半次は眉をひそめた。

勘助長屋の静けさは続いた。

一刻が過ぎた。

おかよの家の腰高障子が開いた。

半次は木戸に潜んだ。

「じゃあ、喜多八に行きますからね」

おかよは、家の中に声を掛けて腰高障子を閉めて出掛けて行った。

やはり、誰かいるのだ……。

半次は、料理屋『喜多八』に行くおかよを追わず、家にいるのが誰か確かめようとした。

夕暮れ時が近づいていた。

長屋のおかみさんたちが、井戸端で晩飯作りを始める刻限が近づいた。

動くならその前だ……。

半次は睨んだ。

睨み通り、おかよの家の腰高障子が開いた。そして、文七が出て来た。

文七……。

半次は戸惑った。

昨夜、文七は木置場の向こうにある酌婦おもんの家に泊まった。そして、朝になっておかよの家に来て、飯を食べたのかもしれない。

昼のおかよの買い物は、文七の為だったのか……。

半次は、おかよに対して微かな苛立ちを覚えた。

文七は、鼻歌交じりに長屋を出て行った。

文七の野郎……。

半次は追った。

小名木川には荷船が行き交っていた。

文七は、小名木川に架かる高橋を渡った。

御家人の部屋住みらしき若侍たちが、反対側からやって来た。文七は、脇に寄って三人の若侍たちとすれ違った。すれ違い様に文七は、浮かぶ欠伸を手で隠した。

「待て、下郎」

若侍は怒鳴った。

文七は、思わず首を竦《すく》めた。

三人の若侍は、文七を素早く取り囲んだ。

「おのれ、我らを笑ったな」

若侍は、欠伸を手で隠した仕草を笑ったと思った。

「じょ、冗談じゃあねえ……」

文七は慌てて否定した。

「黙れ。下郎の分際で武士の我らを笑うとは許せぬ所業。手討ちにしてくれる。そこに直れ」

若侍たちは、否定する文七に怒りを募らせた。そして、若侍の一人が文七を突き飛ばした。文七は悲鳴をあげ、高橋の欄干《らんかん》に激突して無様に倒れた。

土埃《つちぼこり》が舞い上がった。

三人の若侍は、倒れた文七を蹴り飛ばした。文七は頭を抱え、身を縮めて悲鳴をあげた。若侍たちに容赦はなかった。文七は殴られ蹴られ、頭を抱えて無様《ぶざま》に転げ廻るしかなかった。

半次は、思わぬ成り行きに戸惑った。

若侍たちの文七への乱暴は続いた。

酷い真似をしやがる……。

半次は、止めに出る機会を窺った。

通行人たちは、高橋の袂で恐ろしげに囁き合いながら見守った。

若侍たちの文七へのいたぶりは続いた。

潮時だ……。

半次は止めに出ようとした。刹那《せつな》、若侍の一人が腹から血を流し、悲鳴をあげて倒れた。他の若侍たちは、一斉に後退《あとずさ》りした。

文七が眼を吊り上げ、血に染まった匕首《あいくち》を振り廻して逃げた。

しまった……。

半次は狼狽《うろた》えた。

「しっかりしろ、松本《まつもと》」

若侍たちは、腹を刺された松本と云う若侍を取り囲んだ。

「医者だ。医者を呼んでくれ」

「松本……」

若侍たちは口々に叫んだ。松本は、苦しげに顔を歪《ゆが》めて涙を零《こぼ》した。

「母上……」

松本は、微かに呟《つぶや》いて絶命した。

「松本……」

若侍たちは混乱した。

半次は、混乱する若侍たちの背後を駆け抜け、文七の行方を追った。

文七の姿は、すでに何処にも見えなかった。

半次は、文七の立ち廻り先を考えた。

おかよのいる料理屋『喜多八』か、酌婦のおもんのいる居酒屋か、それとも木置場の向こうのおもんの家か……。

いずれにしろ文七は人殺しとなり、追われる身になった。

半次は、高橋から近い料理屋『喜多八』に急いだ。

料理屋『喜多八』の台所と井戸端では、おかよたち女中と板前たちが忙しく働いていた。

半次は、掘割越しにおかよの様子を窺った。

おかよに変わった様子は窺えなかった。

文七が来た様子はない……。

半次は睨んだ。


半兵衛と鶴次郎は、見廻りを終えて北町奉行所に戻った。

定町《じようまち》廻り同心の風間鉄之助《かざまてつのすけ》が、手先の長吉《ちようきち》を従えて出掛けようとしていた。

「風間、事件かい……」

「こりゃあ半兵衛さん、小名木川の高橋で松本信三郎《しんざぶろう》って御家人の倅《せがれ》が、文七って遊び人に殺されましてね」

「御家人の倅が遊び人にねえ……」

「ええ。匕首で腹を一突き、侍の癖に情けねえ話ですよ。じゃあ……」

風間は、手先の長吉と出掛けて行った。

「旦那……」

鶴次郎は、顔を強張《こわば》らせていた。

「どうした……」

半兵衛は眉をひそめた。

「御家人の倅を殺した文七って遊び人。ひょっとしたら……」

「そうか。半次が気にしていた半端な遊び人って奴か……」

「かもしれません」

「よし。鶴次郎、深川に一っ走りしてみるんだね」

「構いませんか……」

「うん」

「じゃあ、御免なすって……」

鶴次郎は、北町奉行所を走り出して行った。

深川の木置場は夕闇に包まれた。

半次は、潰れた荒物屋を窺った。

荒物屋は静まり返っていた。

おもんは家にいて、文七が息を潜めているのか……。

半次は様子を窺った。

深川の岡っ引の政五郎《まさごろう》は、本所・深川の裏渡世《うらとせい》に詳しい老練な男だ。おそらく、若い御家人殺しが、文七の仕業だとすでに突き止めているはずだ。そして、文七の身辺を洗い、おかよの存在を割り出している。

半次は、潰れた荒物屋の周囲を油断なく見廻した。周囲に政五郎の手先と思われる男はいない。

おもんはまだ割れていない……。

半次はそう判断した。

潰れた荒物屋からおもんが出て来た。

半次は身を潜めた。

派手な安物の着物を着たおもんは、厚化粧の顔を歪めて大欠伸をし、大川に向かった。

文七は、おもんの家に潜んではいない……。

半次は、おもんの緊張感のなさからそう読み、潰れた荒物屋の見張りを解いた。

おもんは仙台堀を進み、亀久橋の傍の居酒屋に入った。
半次は、居酒屋の周りを窺った。
居酒屋の周囲にも、政五郎の手先と思われる者はいなかった。
半次は、深川門前町の料理屋『喜多八』に向かった。

深川門前町は夜の賑わいを迎えていた。
半次は、料理屋『喜多八』の表を窺った。
路地や物陰に数人の男が佇《たたず》んでいた。
政五郎の手先……。
おかよは、政五郎たちに見張られている。
文七の野郎……。
半次は、おかよが文七の人殺しに巻き込まれた事実に苛立ちを覚えた。

三

料理屋『喜多八』は客で賑わっていた。

半次は、裏手の掘割に潜んでおかよの様子を窺った。

おかよは、額に汗を滲《にじ》ませながら井戸端で汚れた皿や小鉢を洗っていた。

半次は見守った。

おかよは、文七が人殺しとして追われているのを知っているのか……。

半次は、小さな吐息を洩らした。

背後に人の気配がした。

半次は振り返った。

「俺だ……」

鶴次郎が声を潜めて隣に現れた。

「鶴次郎……」

「ああ。おかよちゃんか……」

鶴次郎は、井戸端で洗い物をしているおかよを懐かしげに見つめた。

「昔と変わらねえな」

鶴次郎は微笑んだ。

「文七の件、聞いたのか……」

「ああ。同心の旦那は、風間さんだぜ」

「風間の旦那か……」

半次は眉を曇らせた。

「ああ。風間の旦那の事だ。何もかも政五郎親分に任せるだろうな」

風間鉄之助はそう云う同心であり、半兵衛も今一つ信用していなかった。

「きっとな……」

「で、文七の野郎はどうした」

「逃げたままだ」

「まだ、この界隈《かいわい》にいるのか」

「今更、浜松町に行っても親兄弟も知り合いもいねえはずだ。逃げるにしても金が入り用だとなると、女のいるこの界隈にいるのに間違いないはずだ」

「女、他にいるのか……」

鶴次郎は眉をひそめた。

「ああ。おもんって女がいるんだが、今の処《ところ》、現れた様子はない」

「これだけ見張りがいりゃあ、此処《ここ》には中々《なかなか》寄り付かねえだろう。俺は、そのおもんって女の処に行ってみるか」

「そうしてくれ。おもんはな……」

半次は、おもんと文七の関わり、仙台堀の亀久橋の袂の居酒屋、木置場近くの家などを教えた。

「若い後家さんか……」

鶴次郎は嘲笑を浮かべた。

「ああ……」

半次は、憮然《ぶぜん》とした面持ちで頷いた。

「よし。じゃあ、先《ま》ずは居酒屋に行ってみるぜ」

鶴次郎は、仙台堀に架かる亀久橋傍の居酒屋に急いだ。

半次は、おかよを見張り続けた。そして、政五郎の手先たちの見張りも続いた。

半次は、見張りの手先の中に長吉がいるのに気付き、密かに近寄った。

「長吉……」

半次は、物陰にいる長吉の傍に身を潜めた。

「こりゃあ半次の親分」

長吉は戸惑い、眉をひそめた。

「おかよと、ちょいとした知り合いでな」

「そうですか……」

「風間の旦那は……」

「それが、政五郎の親分に任せて、お帰りになりまして……」

長吉は、困惑を滲ませた。

「そうか。で、政五郎の親分、文七の行方をどうみているんだ」

「この界隈に必ずいると。半次の親分は……」

「俺もそうみているぜ。処《ところ》で文七に殺された侍、何処の誰だったんだい」

「本所割下水《わりげすい》の御家人松本十蔵《じゆうぞう》さまの倅の信三郎さまでしてね。お父上さまはそりゃあもう激怒され、文七に討手《うつて》を掛けたそうですぜ」

長吉は、眉をひそめて囁いた。

文七は、お上だけではなく、討手にも追われる身となった。

身から出た錆《さび》、調子良く生きて来たつけが廻ったのだ……。

半次は、文七に同情しなかった。だが、その余波が、おかよに及ぶのだけは食い止めたいと願った。

仙台堀亀久橋の袂の居酒屋は、客の笑い声とおもんたち酌婦の嬌声が溢《あふ》れていた。

鶴次郎は、居酒屋の周囲を窺った。

居酒屋を見張っている者はいなかった。

半次の睨み通り、おもんの存在は政五郎に割れてはいない。

鶴次郎は見定めた。

文七は居酒屋の中にいるのか、おもんと共に逃げたのか……。

確かめてみるしかない。

鶴次郎は、半纏を緋牡丹の絵柄に代えて居酒屋の暖簾《のれん》を潜った。

居酒屋は薄暗く、仕事帰りの木場人足や職人が酌婦を相手に賑やかに酒を飲んでいた。

鶴次郎は、酒を頼んで文七を捜した。だが、文七はいなかった。

おもんはいるのか……。

鶴次郎は、酒を持って来た厚化粧の大年増の酌婦に尋ねた。

「おもんちゃん……」

大年増の酌婦は、厚化粧の顔を歪めた。

「ああ。いろいろ噂を聞いてな。どの女だい」

「あの、奥にいる若い女だよ」

大年増の酌婦は、店の奥で賑やかに人足たちの相手をしている若い酌婦を示した。

おもんはいた……。

鶴次郎は、おもんの様子を見守った。

おもんは、楽しげに客の相手をしていた。その様子を見る限り、文七が人を殺《あや》めて追われているのを心配している様子はない。

おもんが知らないとしたら、文七は松本信三郎を殺めてから現れておらず、これからやって来るかもしれない。

鶴次郎は見定め、おもんを見張り続けた。

居酒屋の賑わいは続いた。

岡っ引の政五郎は、本所・深川一帯に手先を走らせ、息の掛かった博奕打ちや地廻りに触《ふ》れを廻して文七を捜した。だが、文七は見つからなかった。

政五郎は苛立った。

御家人の松本十蔵は、殺された倅の信三郎の恨みを晴らそうと、一緒にいた若侍たちに文七を捜させていた。

捕らえても斬り棄てても、礼金二十両……。

松本十蔵は、文七に賞金を懸けた。

若侍たちは殺気立ち、狩人のように文七を追い始めた。

政五郎はそれを知り、焦らずにはいられなかった。

もう待ってはいられねえ……。

政五郎は業《ごう》を煮やし、おかよを責める事にした。

岡っ引の政五郎は、手先たちを従えて料理屋『喜多八』を訪れた。

女将は、政五郎と手先たちを裏の井戸端に案内した。

おかよは、井戸端で汚れた器を洗っていた。

「おかよ……」

女将はおかよを呼んだ。

「はい……」

おかよは振り向き、女将と一緒に政五郎がいるのに怯えを過ぎらせた。

「おかよ、岡っ引の政五郎だ。ちょいと聞きたい事がある」

政五郎は薄笑いを浮かべた。

「は、はい。女将さん……」

おかよは、救いを求めるように女将を窺った。

「おかよ。忙しいんだからね」

女将は冷たく言い放った。

「じゃあ女将さん、納屋《なや》を借りるぜ」

政五郎は、手先たちに目配せをした。

「一緒に来な」

手先たちはおかよの両脇を取り、政五郎に続いて納屋に向かった。

半次は、掘割越しに見送った。

政五郎は、おかよに対してどんな吟味をするのか……。

そして、おかよは文七の居場所を知っているのか……。

半次は焦った。

「半次の親分……」

長吉がやって来た。

「長吉……」

半次は、やって来る長吉に微かな明かりを見た。

手燭《てしょく》の火は、納屋を仄《ほの》かに照らしていた。

手先たちは、おかよを筵《むしろ》の上に座らせた。

おかよは、言い知れぬ不安に包まれた。

「あの……」

「おかよ、文七は何処にいる」

政五郎は、厳しい面持ちで尋ねた。

「文七さん……」

おかよは戸惑った。

「ああ。お前が文七の女なのは分かっているんだぜ」

　おかよは思わず俯いた。

「おかよ、文七が御家人の倅を刺し殺して逃げ廻っているのは知っているな」

「文七さんが人殺し……」

　おかよは驚いた。

「惚《とぼ》けるんじゃあねえ」

　政五郎の怒声が響いた。

　おかよに恐怖が突き上げた。

「おかよ、文七は何処だ……」

「知りません……」

　おかよは震えた。

「おかよ、お上を嘗《な》めると只じゃあ済まなくなるぜ」

「嘗めるなんて、知らないものは知りません」

　おかよは、震えながら必死に告げた。

「いい加減にしろ、おかよ……」

　政五郎は、おかよの揃えた膝に十手を突き立てた。おかよは、激痛に顔を歪めた。

「おかよ、強情を張るともっと痛い目を見るぜ」

政五郎は、十手に力を込めた。

おかよは、声を押し殺して激痛に耐えた。身体が小刻みに震え、髪が解れて揺れた。

「親分……」

長吉が入って来た。

「なんだい、長吉」

「へい。本湊の半次親分がお見えです」

「本湊の半次だと……」

政五郎は眉をひそめた。

「へい……」

「御無沙汰《ごぶさた》しました。政五郎親分……」

半次が入って来た。

おかよは息を飲んだ。

「おう。半次、しばらくだな。何か用かい」

政五郎は嘲りを滲ませた。

「はい。白縫半兵衛の旦那が女を泳がせ、文七の現れるのを待てと仰《おつしや》っていましてね」

半次は、呆然としているおかよに素早く目配せをした。おかよは、慌てて俯いた。

「そう思って待ったさ。だがな、埒《らち》が明かねえんだよ」

政五郎は、半次を睨み付けた。

「ですが、女を拷問紛《ごうもんまが》いに責めたとなると、半兵衛の旦那は黙っちゃあいませんぜ」

半次は、厳しい面持ちで政五郎を見返した。

「半次、文七の一件は、風間の旦那の扱いだぜ。なあ、長吉……」

「へい。ですが政五郎親分。風間の旦那は、半兵衛の旦那を頼りにしています。拷問紛いの責めは……」

長吉は、眉をひそめて首を捻った。

「馬鹿野郎」

政五郎は怒鳴った。

「親分、どうでも拷問を続けるとなりゃあ、半兵衛の旦那や風間の旦那はともかく、あっしや鶴次郎、それに神明の平七《へいしち》親分や柳橋の弥平次親分も黙っちゃあいませんぜ」

半次は一歩も引かなかった。

愛宕下《あたごした》の神明の平七は、半次や鶴次郎の若い頃からの兄貴分の岡っ引だ。そして、柳橋の弥平次は、云うまでもなく岡っ引たちの間で隠然たる力を持っている。本所深川で顔利きの政五郎でも、柳橋の弥平次たちと揉めたら岡っ引を続けて行くのは難しい。

政五郎は怒りにまみれた。だが、引くしかなかった。

「勝手にしろ」

政五郎は、半次を睨み付けて納屋を出て行った。手先たちが続いた。

「長吉、すまねえが、半兵衛の旦那の処に一っ走りして、この事を報せてくれねえか」

「そいつはいいですが、半次の親分、相手は政五郎の親分です。呉々も気を付けて……」

長吉は声を潜めた。

「ああ……」

「じゃあ……」

長吉は、納屋から走り出て行った。

「大丈夫か、おかよちゃん……」

半次は、おかよの立ち上がるのを助けようとした。だが、おかよは半次の助けを無視し、激痛に耐えながら立ち上がった。

半次は戸惑った。

おかよは、半次に厳しい眼差しを向けた。

半次は思わずたじろいだ。

おかよは、痛め付けられた脚を引きずり、よろめきながら納屋を出た。

「おかよちゃん……」

半次は追った。


おかよは、よろめきながら納屋を出た。

女将と女中たちは、おかよに怯えた白い眼を向けて散った。

おかよに口惜しさと涙が湧いた。

料理屋『喜多八』の奉公はお仕舞いだ……。

おかよは、痛め付けられた脚を引きずって店の表に向かった。

半次は追った。

料理屋『喜多八』の表の通りは賑わっていた。

おかよは、通りの賑わいに逆らうように仙台堀に向かった。

半次は、おかよを追った。

おかよは、痛め付けられた脚を引きずり、よろめきながら北森下町の長屋に急いだ。

半次は、おかよの周囲に眼を光らせながら追った。

仙台堀と小名木川を越えると、常盤《ときわ》町、南森下町となり、おかよの住む長屋のある北森下町となる。

おかよは、口惜しさと哀しさに塗《まみ》れ、痛む脚を引きずりながら進んだ。そして、北森下町の裏通りに入り、勘助長屋の木戸に辿《たど》り着いた。

おかよは、安堵して緊張を解いたのか、木戸で大きくよろめいて倒れた。

「おかよちゃん……」

半次は駆け寄った。

「来ないで……」

おかよは拒否した。

半次は立ち止まった。

「岡っ引だったのね……」

「おかよちゃん……」

「文七を捕まえようとしているのね」

おかよは、半次を睨み付けた。

「おかよちゃん、文七は人を殺したんだ。神妙にお裁きを受けて罪を償わなきゃあならないんだ」

「でも……」

おかよの声に涙が滲んだ。

「おかよちゃん、文七は金をせびり、博奕や女遊びに現《うつつ》を抜かしている。それでも文七を庇《かば》うのか……」

「腐れ縁なのよ……」

おかよは言い放った。

「腐れ縁……」

半次は戸惑った。

「子供の頃からの腐れ縁なのよ。文七が博奕や女に私のお金を注ぎ込もうが、どうだっていいのよ。いろいろあっても、文七には私しかいないし、私には文七しかいないんです」

「おかよちゃん……」

「半次さん、私と文七は、お互いに傷つけあって生きていく腐れ縁。昔の事なんかもう忘れて下さい」

おかよは、脚を引きずりながら木戸を潜り、暗い家に入った。

半次は立ち尽くした。
十四、五歳の頃から付き合ったおかよと文七に何があったのかは知らない。だが、男と女の事だ。何があってもおかしくないし、何があったのかも分からない。そこに、他人には分からない男と女の関わりが秘められている。
それが、男と女の腐れ縁と云うものなのかもしれない。

腐れ縁……。

おかよの言葉は夜の静けさに木霊《こだま》した。

四

仙台堀亀久橋の袂の居酒屋の賑わいは続いた。

鶴次郎は、店の隅で厚化粧の大年増の酌婦を相手に酒を飲んでいた。おもんは、客に豊満な胸をまさぐられ、嬌声をあげて身をくねらせていた。

二人の男が入って来た。

大年増の酌婦は、顔を背けて酒を飲んだ。

「どうしたい」

「政五郎って岡っ引の手先だよ」

大年増の酌婦は、政五郎に恨みでもあるのか眉をひそめて吐き棄てた。

二人の手先は、鋭い眼差しで店の中を見廻し、帳場にいた亭主に何事かを尋ねた。亭主は首を横に振り、奥にいるおもんを呼んだ。

おもんは、興を醒《さ》まされた面持《こ》ちで亭主に近寄った。二人の手先が、おもんに何事かを訊いた。おもんの媚びを含んだ顔が驚きに歪み、顔色が蒼白に変わった。

おもんは、文七が人を殺して逃げ廻っているのを知った。

鶴次郎は見届けた。
二人の手先は、おもんと亭主に何事かを命じて店を出て行った。
このまま帰るはずはない……。
鶴次郎は、引き留める大年増の酌婦に別れを告げ、勘定を払って居酒屋を出た。
仙台堀に架かる亀久橋の袂と、店の横手の路地に人影が潜んでいた。
政五郎の手先……。
鶴次郎は、居酒屋の周囲に張り込んでいる手先を数えた。
手先は四人……。
鶴次郎は、仙台堀越しに居酒屋を見張った。
四半刻が過ぎた。
猪牙舟が、木置場の掘割から音もなく出て来た。
鶴次郎は闇を透かし見た。
船頭は手拭で頰被りをし、櫓を使わず棹《さお》で猪牙舟を操っていた。
猪牙舟は、亀久橋の船着場に船縁《ふなべり》を寄せた。

鶴次郎は見守った。

船頭は猪牙舟を繋ぎ、足早に居酒屋に向かった。

文七……。

鶴次郎は、船頭の後ろ姿に文七の歩き方の癖を見た。

文七は居酒屋に入った。

次の瞬間、おもんが悲鳴をあげて居酒屋から飛び出して来た。

「文七だよ。人殺しの文七が来たよ」

おもんは、闇に潜んでいる手先たちに向かって声を嗄《か》らして叫んだ。情を交わした相手でも、文七は只の遊び相手に過ぎない。文七は、馴染みの酌婦にあっさりと売られた。

潜んでいた四人の手先が、暗がりから一斉に飛び出した。

鶴次郎は亀久橋に走った。

四人の手先が、おもんを突き飛ばして居酒屋に入った。同時に、文七が裏口から逃げ出して来た。その顔は、追い詰められた獣のように醜《みにく》く歪んでいた。

「文七……」

鶴次郎は亀久橋を渡った。

四人の手先が追って現れた。

「文七」

「野郎、神妙にしろ」

四人の手先は、文七に追い縋《すが》った。

文七は逃げ惑い、仙台堀に飛び込んだ。

水飛沫《みずしぶき》が月明かりに煌めいた。

「文七……」

四人の手先は、堀端に駆け寄って仙台堀に文七の姿を捜した。だが、仙台堀の流れに文七の姿は見えなかった。

「畜生……」

「俺たちが捜す。親分に報《しら》せろ」

四人の手先は、呼子笛《よびこぶえ》を吹き鳴らしながら仙台堀の堀端に散った。

文七……。

鶴次郎は、仙台堀の暗い流れを見つめた。

夜空に呼子笛の音が甲高く鳴り響いた。

おかよの家の明かりは小さく、心細げに揺れていた。

半次は、木戸の陰で見守った。

遠くで呼子笛の音が響いた。

文七が見つかったのかもしれない……。

呼子笛の音は幾重にも鳴り響いた。それは、文七が逃げ廻っている証とも云える。

文七は、獣のように狩り立てられ、惨めに逃げ廻っている……。

半次は文七を哀れんだ。

文七は、仙台堀の亀久橋の袂で張り込んでいた政五郎の手先に追われ、仙台堀に飛び込んで姿を消した。

岡っ引の政五郎は舟を出し、仙台堀と木置場や岡場所の掘割に探索を集中した。

鶴次郎は、政五郎たちの探索を見守った。

掘割には明かりを灯した舟が行き交い、町木戸に提灯《ちょうちん》が掲げられた。そして、政五郎の手先や息の掛かった者たちが忙しく行き交った。だが、文七は見つからなかった。

鶴次郎は、文七を捜す若い侍たちがいるのに気付いた。

若い侍たちは殺気立っていた。

殺された御家人・松本信三郎の仲間……。

鶴次郎は睨んだ。

若い侍たちは、文七を見つけ次第に斬り棄てるつもりだ。

鶴次郎はそう睨み、焦りを覚えた。

「鶴次郎さん……」

長吉が駆け寄って来た。

「おう、長吉……」

「文七が現れたそうですね」

「ああ。風間の旦那は……」

「今、来ましたよ」

「へえ、風間の旦那にしては珍しいな」

「そりゃあ、半兵衛の旦那に誘われりゃあ、嫌とは云えませんよ」

「半兵衛の旦那……」

鶴次郎は戸惑った。

「ええ。半次の親分が……」

長吉は、半兵衛に報せた経緯《いきさつ》を教えた。

「で、半次は……」

「おかよを家に送って行ったようでして、半兵衛の旦那が行きました」

「そうか。長吉、殺された御家人の倅の仲間が文七を斬り棄てようとしている。風間の旦那にそう伝えてくれ。俺は半次の処に行ってみる」

「承知しました」

鶴次郎は、北森下町の勘助長屋に走った。


小さな明かりは灯されたままだった。

半次は、おかよの家の明かりを見つめた。

小さな明かりは、逃げ廻っている文七の道標《みちしるべ》のように灯されている。

おかよは、文七が来るのを待っている……。

半次は、不意にそう思った。

おそらく文七は、窮地に追い込まれたり、都合が悪くなった時、おかよの許に逃げ込んでいるのだ。そして、おかよもそれを待っているのかもしれない。

文七は必ず来る……。

おかよは、追われている文七が逃げ込んで来ると信じている。文七は、母親に甘える子供のようにおかよに縋り付く。おかよは、そんな文七によって自分の存在を実感し、満足感を味わっている。

おかよと文七は、おそらくそうした暮らしを続けて来たのだ。

腐れ縁……。

半次は、おかよの言葉を思い出した。

おかよの家には、小さな明かりが仄かに灯り続けた。

男は、裏通りの暗がりを小走りにやって来た。

半次は、木戸の暗がりに潜んだ。

男は、辺りを慎重に窺い、木戸を入っておかよの家に走った。

男は文七だった。

半次は緊張を漲《みなぎ》らせた。

文七は、おかよの家の腰高障子を小さく叩いた。待ちかねたように腰高障子は開いた。文七は家の中に入り、おかよが追って来た者のいないのを確かめて腰高障子を閉めた。

やっと現れた……。

半次は、小さな吐息を洩らした。

おかよと文七は、これからどうするつもりなのだ……。

半次は思いを馳せた。

「半次……」

半兵衛が現れた。

「旦那……」

半兵衛は、半次の潜んでいる木戸の暗がりに来た。

「事情は長吉に聞いたよ。あの家か……」

半兵衛は、明かりの灯っているおかよの家を見つめた。

「はい。今、文七の野郎が逃げ込みました」

半次は報せた。

「そうか……」

半兵衛は、厳しさを過《よ》ぎらせた。

「それで、半次はどうするつもりだ」

「あっしですか……」

半次は戸惑った。

「うん。文七の罪は明白。そして、今のままではおかよにも累《るい》が及ぶ。それでいいのかな、半次」

半兵衛は、半次に己の気持ちを正直に云うように促した。

「所詮《しょせん》、どっちもどっちの馬鹿な喧嘩の挙げ句の一件。旦那、あっしは文七を自訴させ、おかよをそっとしておきたい……」

半次は、辛《つら》そうに眉をひそめた。

「いいじゃあないか半次。私もそうしたいものだ」

半兵衛は微笑んだ。

「旦那、ありがとうございます」

半次は、半兵衛に頭を下げた。

「半次……」

半兵衛は、半次を促して物陰に潜んだ。

政五郎の手先たちが現れ、勘助長屋とおかよの家の様子を窺った。

三人の若い侍が、手先たちを追って現れた。

「何ですかい、お侍さんたちは……」

手先たちは、若い侍たちに険しい眼を向けた。

「文七の女の家は何処だ……」

若い侍は、手先たちの質問を無視した。

「お侍……」

手先たちは、怒りを過ぎらせた。

「云わぬか……」

若い侍たちは刀を抜き、手先たちに突き付けた。手先たちは怯《ひる》んだ。

「旦那……」

半次は半兵衛を窺った。

「半次、文七とおかよから眼を離すな」

半兵衛は命じた。

「承知……」

半次は頷き、余所《よそ》の家の裏庭や軒先《のきさき》を伝っておかよの家に向かった。

半兵衛は物陰を出た。


三人の若い侍は、手先たちに刀を突き付けて迫った。

「文七の女の家は何処だ……」

手先たちに突き付けた刀は、月明かりに鈍く輝いた。

「何の真似かな」

半兵衛が、手先たちを庇うように現れた。

「だ、旦那……」

手先たちは、町奉行所の同心の出現に戸惑いながらも安堵した。

「何だ、おぬしは……」

若い侍たちは微かに怯んだ。

「私は北町奉行所臨時廻り同心の白縫半兵衛。御用の邪魔をすると、如何《いか》に御家人の倅でも只じゃあすまないよ」

半兵衛は笑顔で告げた。

「黙れ。我らは松本信三郎を手に掛けた者を成敗するだけだ」

若い侍は、喉を引《ひ》き攣《つ》らせた。

「そいつは無理だ。文七にはお裁きを受けさせて罪を償わせる」

半兵衛は苦笑した。

「おのれ、不浄役人が、邪魔立てするな」

若い侍の一人が、半兵衛に斬り付けた。

刹那、半兵衛は僅かに沈めた腰を捻《ひね》り、刀を閃《ひらめ》かせて鞘《さや》に収めた。

一瞬の出来事だった。

斬り掛かった若い侍の腕から血が噴き出し、刀が地面に落ちて転がった。

田宮流抜刀術《たみやりゅうばっとうじゅつ》の鮮やかな一太刀《ひとたち》だった。

若い侍たちは、昂ぶりから醒めたように顔色を変え、後退りした。

「成敗は命懸けでするもんだよ」

半兵衛は苦笑し、抜き打ちに構えた。

若い侍たちは、身を翻《ひるがえ》して走り去った。

「旦那……」

手先たちは、半兵衛に感謝の眼を向けた。

「怪我はないかい」

「へい。お陰さまで……」

「そいつは何よりだ……」

半兵衛は笑った。

「半兵衛の旦那……」

鶴次郎が駆け付けて来た。


血の臭い……。

裏の軒下に潜んだ半次は、おかよの家の中から血の臭いが漂っているのに気付いた。

半次は、狭い裏庭に廻り、障子を僅かに開けて家の中を覗いた。

行燈の明かりが、重なり合うように倒れている文七とおかよの姿を照らしていた。

しまった……。

半次は、家の中に上がった。

文七は胸を血に染めて死んでおり、おかよは首筋から血を流し、血に塗れた匕首を固く握り締めて絶命していた。

おかよと文七は死んだ……。

半次に驚きや動揺は少なく、寧《むし》ろ微かな安堵が滲んだ。

半次は半兵衛を呼んだ。


半兵衛は、文七とおかよの死体を検《あらた》めた。

鶴次郎は、眉をひそめて見守った。

「おかよが文七の胸を刺して殺した後、喉を突いて自害したのかな……」

半兵衛は眉をひそめ、文七とおかよの死を読んだ。

「きっと……」

半次は頷いた。

「鶴次郎もそう思うかい」

「はい……」

「そうかな……」

「旦那……」

半次と鶴次郎は戸惑った。

「私はね。文七は追い詰められて胸を突いて自害し、おかよは悲観して後を追った。そう思うよ」

「旦那……」

半次は戸惑った。

人殺しの文七でも殺したとなると、おかよも只ではすまない。如何に死んでいても人殺しの咎人《とがにん》として扱われ、まともに埋葬する事は許されない。

真実を公《おおやけ》にする事がすべて良いと限らない。

「世の中には、私たちが知らん顔をした方が良い事もあるさ……」

半兵衛は嘯《うそぶ》いた。

「半次……」

鶴次郎は、小さな笑みを浮かべた。

「ありがとうございます」

半次は、半兵衛に深々と頭を下げ、込み上げる涙を懸命に押さえた。

定町廻り同心の風間鉄之助と長吉、政五郎たちが駆け付けて来た。

半兵衛は、文七が自害をしておかよが後を追ったと伝えた。

風間は頷き、一件は落着した。

御家人・松本信三郎殺しの一件は、下手人《げしゅにん》の文七の死によって終わった。

半次は、半兵衛におかよと文七の腐れ縁を話した。

「腐れ縁か……」

「ええ。おかよ、さっさと文七と縁を切れば良かったんです」

半次は、苛立たしげに吐き棄てた。

「半次、切れる縁なら腐れ縁じゃあない。切れない縁だから腐れ縁なんだよ」

半兵衛は哀しげに告げた。

男と女は、他人には分からない絆《きずな》で結ばれている。その絆が良縁になるか腐れ縁になるかは、誰にも分からないのだ。


半次は、鶴次郎と一緒におかよを両親の墓に葬《ほうむ》った。

おかよは、ようやく文七と別れる事が出来たのかもしれない。


腐れ縁は切れた……。

第四話　妻恋坂

一

水飛沫《みずしぶき》は朝日に煌《きら》めいた。

半兵衛は、井戸端で下帯一本になって水を被った。薄らと掻いた寝汗は流され、寝起きの身体はようやく眼を覚ました。

半兵衛は、顔を洗い、歯を磨いて寝間に戻り、蚊帳《かや》を片付けて煎餅布団《せんべいぶとん》を畳んだ。

「おはようございます」

廻り髪結の房吉が、頃合いを見計らったようにやって来た。

「おう。今日も暑くなりそうだね」

「ええ……」

房吉は水を汲《く》み、鬢盥《びんだらい》をひらいて日髪日剃《ひがみひぞり》の仕度を始めた。

半兵衛は、風通しの良い濡縁《ぬれえん》の日陰に座った。

「じゃあ、頼むよ」

「はい。御免なすって……」

房吉は、半兵衛の髷《まげ》の元結《もとゆい》を切った。

鋏《はさみ》が鳴った。


辰《たつ》の刻五つ（午前八時）。

半兵衛は、岡っ引の半次を従えて北町奉行所の表門を潜った。

与力・同心は巳《み》の刻四つ（午前十時）に出仕する事になっているが、同心の殆《ほとん》どは辰の刻五つには動いていた。

北町奉行所の門内には、公事訴訟《くじそしょう》に関わる者たちが早くから来ていた。

「大久保さまはまだ来ていないはずだ。詰所に顔を出したら、すぐ出て来るよ」

吟味《ぎんみ》与力の大久保忠左衛門は、巳の刻四つにならなければ来ない。

半兵衛は、忠左衛門に面倒な仕事を押し付けられるのを恐れていた。

「はい。腰掛で待っています」

「うん……」

半兵衛は、表門脇の腰掛に半次を残して同心詰所に向かった。

同心詰所は、見廻りや事件の探索に行く同心たちがいた。

半兵衛は、居合わせた同心たちと朝の挨拶を交わしながら茶を淹《い》れた。

「小平太《こへいた》、茶を飲むか……」

半兵衛は、定町廻り同心の村岡《むらおか》小平太に声を掛けた。

「折角ですが、この暑い時に熱い茶は、どうも……」

小平太は笑顔で断った。

「何を云っている。暑い時には熱い茶に限る」

半兵衛は茶を淹れ、湯気を吹きながらすすった。

「そう云えば半兵衛さん。神隠しの噂、聞きましたか……」

「神隠し……」

半兵衛は眉をひそめた。

鶴次郎は、表門の門番に挨拶をし、腰掛にいる半次の許に来た。

「半次、半兵衛の旦那は……」

「そいつが、とっくに出て来てもいいのに、まだなんだぜ」

半次は眉をひそめた。

「まさか、大久保さまに捕まったんじゃあねえだろうな」

鶴次郎は苦笑した。

「儂《わし》が誰を捕まえたんだ」

半次と鶴次郎は振り返った。

吟味与力の大久保忠左衛門が、相撲《すもう》取《と》りあがりの下男の太吉《たきち》を従えていた。

「これは大久保さま……」

半次と鶴次郎は慌てて頭を下げた。

忠左衛門は、細い筋張った首を伸ばして半次と鶴次郎を見据えた。

「半次、鶴次郎、儂が誰を捕まえたのだ」

忠左衛門は白髪眉をひそめた。

「いえ。別に……」

「何でもございません」

半次と鶴次郎は慌てた。

「そうか。まあ、良い。励め」

「はい……」

半次と鶴次郎は、畏《かしこ》まって頭を下げた。

忠左衛門は満足げに頷《うなず》き、太吉を従えて式台に向かった。

「ああ、驚いた」

「まったくだ……」

半次と鶴次郎は冷や汗を拭《ぬぐ》った。

同心詰所から半兵衛が出て来た。

「おはようございます」

鶴次郎は挨拶をした。

「おう、来ていたか鶴次郎。行くよ」

半兵衛は、半次と鶴次郎を促して北町奉行所を出た。半次と鶴次郎は慌てて続いた。

「旦那……」

「大久保さまが出仕された。見つからない内にな……」

半兵衛は、外壕沿いを進んで一石橋を渡り、竜閑橋に向かった。

「で、旦那、何処《どこ》に行くんですかい」

「妻恋坂だよ」

「妻恋坂……」

「半次、鶴次郎、妻恋坂で神隠しがあった」

「神隠し……」

半次と鶴次郎は素《す》っ頓狂《とんきょう》な声をあげた。

「うん。五日前の昼下がり、若い娘が妻恋坂をあがって行き、途中で消えてしまったそうだ」

半兵衛は楽しげに告げた。

「本当ですか……」

半次は疑った。

「そいつはこれからだ……」

「って事は、旦那……」

鶴次郎は眉をひそめた。

「うん。この暑さだ。殺しや押し込みの探索よりはいいだろう」

半兵衛は笑った。

妻恋坂は、昌平橋《しょうへいばし》から不忍池《しのばずのいけ》を結ぶ明神下《みょうじんした》の通りの途中にある西に向かう坂道だ。坂道の上には妻恋稲荷があり、そこまでの坂道を妻恋坂と称された。

妻恋稲荷は、日本武尊《やまとたけるのみこと》が妻である弟橘媛《おとたちばなひめ》を偲《しの》んだ処《ところ》とされる。そして、妻恋坂の南には旗本屋敷が並び、坂の上には妻恋町があった。

半兵衛は妻恋坂を見上げた。

妻恋坂に行き交う人はいなく、陽炎《かげろう》だけが揺れていた。

「この坂を上がって行って消えた……」

半次は、眩《まぶ》しげに眼を細めて妻恋坂を見上げた。

「途中の屋敷や路地に入ったとかは……」

鶴次郎は睨んだ。

「かもしれないが、今の処《ところ》、そうした話はないそうだ」

半兵衛は告げた。

「神隠しに遭ったって娘、どこの誰ですか」

半次は眉をひそめた。

「そいつは、良く分からない」

半兵衛は首を捻った。

「旦那、それじゃあ……」

半次は戸惑った。

「処《ところ》が見た者がいてね」

半兵衛は小さく笑った。

「見た者……」

「うん……」

半兵衛は、妻恋坂を上がり始めた。半次と鶴次郎は続いた。


妻恋坂の上には妻恋稲荷があり、北に曲がると湯島天神に続いている。

半兵衛は、妻恋稲荷の境内《けいだい》に入った。

初老の下男が掃除をしていた。

「やあ……」

初老の下男は、半兵衛を見て掃除の手を止めた。

「はい……」

「私は北町奉行所臨時廻り同心の白縫半兵衛と云う者だが、此処《ここ》に妻恋坂で若い娘が神隠しに遭ったのを見た者がいると聞いたんだが、いるかな」

「白縫さま、見たのは手前です」

初老の下男は、探るような眼差しを向けた。

「そいつは良かった。父っつあん、名前は……」

半兵衛は、安心させるように笑った。

「宇吉《うきち》と申します」

「じゃあ宇吉、見た事を詳しく教えてくれないかな」

「はい……」

宇吉は、箒《ほうき》を持ったまま妻恋稲荷の境内から妻恋坂に出た。

半兵衛、半次、鶴次郎は続いた。

宇吉は、妻恋坂を見下ろした。

「あの時、手前はここを掃除していました。そうしたら、若い娘さんが坂の真ん中を上がって来ましてね。手前は塵《ちり》を掃き集め、また坂を見たんです。そうしたら、若い娘さんはもう……」

宇吉は、恐ろしげに眉をひそめた。

「消えていたか……」

半兵衛は、厳しさを浮かべた。

「へい……」

　宇吉は頷いた。

「妻恋坂から此処までの間には、何軒かのお屋敷と路地もある。その何処かに入ったってのは考えられないかな」

「手前が眼を逸《そ》らしたのは、ほんの僅かな間です。何処のお屋敷に入る暇もなければ、路地まではまだ距離があって曲がるのは無理だと思います。それで……」

　宇吉は困惑した。

「神隠しに遭って消えたか……」

　半兵衛は宇吉を見据えた。

「へい……」

　宇吉は、半兵衛から眼を逸らして頷いた。

「そうか……」

「宇吉さん、それで神隠しで消えた若い娘さん、何処の誰か分かるかな」

　半次は尋ねた。

「へい。まだ遠かったのではっきりしないのですが、確か湯島天神の門前にある茶店に奉公している娘さんだと思います」

宇吉は、思い出すように告げた。

「茶店に奉公している娘……」

半次は眉をひそめた。

「名前は……」

鶴次郎は身を乗り出した。

「さあ、そこまでは……」

宇吉は首を捻った。

「じゃあ、茶店の名前は……」

「確か梅《うめ》ノ屋《や》とか云ったと思います」

「梅ノ屋ね」

「へい……」

宇吉は頷いた。

「旦那……」

「うん。宇吉、忙しい処、邪魔をしたね」

「いいえ……」

宇吉は、安心したように微笑《ほほえ》んだ。

半兵衛は、宇吉の微笑みに微かな違和感を覚えた。だが、その違和感が何かは分からなかった。

宇吉は、日に焼けた顔に深い皺《しわ》を刻み、半兵衛たちに深々と頭を下げた。

半兵衛は、半次や鶴次郎と妻恋坂の上を北に曲がった。

湯島天神門前町が続いていた。


茶店『梅ノ屋』は、湯島天神大鳥居の傍にあった。

半兵衛は、半次や鶴次郎と茶店『梅ノ屋』の様子を窺った。茶店『梅ノ屋』は、大年増《おおどしま》の女将《おかみ》と手伝いの老婆が客の相手をしていた。

「さあて、どうする」

半兵衛は、半次と鶴次郎の意見を求めた。

「先《ま》ずは神隠しにあった娘が、本当に梅ノ屋の奉公人かどうかですか……」

「で、本当なら何て名前で、その素性ですか」

半次と鶴次郎は告げた。

「そして、梅ノ屋がどんな茶店か……」

半兵衛は小さく笑った。

「旦那……」

「二人でその辺を探ってみてくれ。私は自身番で宇吉の素性を聞いてみるよ」

「宇吉ですか……」

半次と鶴次郎は戸惑った。

「うん。神隠しを見たのは宇吉だけだからね」

半兵衛は苦笑した。

「じゃあ旦那……」

半次は眉をひそめた。

「本当に神隠しかどうか、先ずはその辺だよ」

半兵衛は、厳しさを過《よ》ぎらせた。

「分かりました」

半次と鶴次郎は頷いた。

暑さは募り、何処からか風鈴《ふうりん》の音が気怠《けだる》く鳴った。

狭い自身番は暑苦しかった。

詰めている家主や店番たちは、団扇《うちわ》を忙しく動かしていた。

「神隠しですか……」

家主は眉をひそめた。

「うん。みんなはどう見ているのかな」

半兵衛は、番人が出してくれた冷たい水を飲んだ。

「はあ。梅ノ屋に奉公している娘が行方知れずになっているのは本当ですので……」

家主は喉を鳴らした。

「ですが、若い娘の事です。不意に奉公が嫌になって自分から姿を隠したのか、それとも……」

店番は、眉をひそめて言葉を濁した。

「それともなんだい……」

「はあ。男と駆け落ちでもしたのか……」

店番は苦笑した。

「それもありえるか……」

「はい」

「処《ところ》で妻恋稲荷の宇吉、どう云う素性なのか分かるかな」

「宇吉さんですか……」

「うん」

「宇吉さんは、十年ほど前から妻恋稲荷の掃除や雑用をする下男に雇われましてね。裏の納屋で暮らしていますが……」

「妻恋稲荷の下男に雇われる前は、何をしていたのかな」

「確か日本橋の大店《おおだな》に下男奉公をしていたと聞いておりますが……」

家主は、戸惑いを浮かべた。

「その日本橋の大店の屋号、分かるかな」

「さあ、何と云ったか……」

家主は、申し訳なさそうに首を捻った。

「そうか……」

狭い自身番には暑さが籠り、団扇が忙《せわ》しなく動いた。


茶店『梅ノ屋』は、湯島天神の参拝客で賑わっていた。

半次は茶店『梅ノ屋』に赴《おもむ》き、鶴次郎は周辺に聞き込みを掛ける事にした。

半次は、老婆に茶を頼み、大年増の女将を呼んだ。

大年増の女将は、怪訝《けげん》な面持ちで奥からやって来た。

「女将さんだね」

半次は、懐《ふところ》の十手を僅かに見せた。

「は、はい。おこうと申します」

女将のおこうは、緊張を滲《にじ》ませた。

「あっしは本湊の半次って者だ」

「親分さん、ここじゃあなんですので、どうぞこちらへ……」

女将のおこうは、半次を茶店の奥に招いた。


「あの。御用とは、おしずの事ですか……」

おこうは眉をひそめた。

「神隠しにあった娘、おしずって名前かい」

「は、はい……」

「おしずの家は何処だい」

「おしずは牛久《うしく》から出て来ていましてね。此処の二階で暮らしています」

「じゃあ、住み込みの奉公人かい」

「はい……」

「いつから、此処に奉公したんだい」

「今年の春からです」

「じゃあ、江戸に来て半年も経たないか……」

「はい……」

「おしず、本当に神隠しに遭ったのかな」

半次は、小さな笑みを浮かべた。

「親分さん、と仰《おっしゃ》いますと……」

「うん。おしず、男と駆け落ちしたとか、言い寄っていた男に無理矢理拐《かどわ》かされたとか、何か心当たりはないかな……」

「さあ、好《い》い仲《なか》の男がいたとか、言い寄られていたとか、聞いた覚え、ありませんねえ」

おこうは首を捻った。

「そうか……」

「親分さん、おしず、本当に神隠しにあったんでしょうか……」

「さあねえ。駆け落ちでも拐かしでもないなら、神隠しかもしれないな」

「そうですか……」

おこうは吐息を洩らした。

「処で女将さん、おしずの神隠し、どうしてお上に届けなかったんだい」

半次は、おこうを鋭く見据えた。

「えっ。それは、お上に届けて大騒ぎになると、おしずが戻りづらいかと思って……」

おこうは微かに狼狽《うろた》えた。

「じゃあ、女将さんはおしずは神隠しに遭《あ》ったと思っちゃあいなかったのかい」

「いえ、それは……」

おこうは困惑した。

半次は眉をひそめた。

奥の部屋に風が吹き抜けた。

二

茶店『梅ノ屋』の評判に取り立てて変わったものはなかった。

鶴次郎は、周辺の店に聞き込みを掛けた。

茶店『梅ノ屋』の主の彦造《ひこぞう》は、店を大年増のおこうに任せて滅多に現れる事はなかった。そして、『梅ノ屋』に奉公する娘たちが、半年か一年で辞めているのを知った。

鶴次郎は、余りにも短い奉公の期間に戸惑いを覚えた。

何かある……。

茶店『梅ノ屋』には、何か秘密があるのかしれない。

鶴次郎の戸惑いは、茶店『梅ノ屋』の秘密に行き着いた。

湯島天神の境内は参拝客で賑わっていた。

半兵衛と半次は、門前町の蕎麦屋で落ち合った。

「半年前、牛久から住み込み奉公に出て来たおしずか……」

半兵衛は、冷やした酒をすすった。

「歳は十八歳で、女将の話では、男はいなかったと……」

半次は、半兵衛の猪口に冷や酒を満たし、手酌で飲んだ。

「姿を消した理由、心当たりはないか……」

「ええ。やっぱり神隠しですかね」

「そいつはどうかな……」

　半兵衛は小さく笑った。

「それで、おしずが行方知れずになったのを、どうしてお上に届けなかったんだい」

「騒ぎになると、おしずが戻りにくくなるだろうと思っての事だそうです」

「成《な》る程《ほど》……」

　半兵衛は酒をすすった。

「それで旦那、宇吉はどうでした」

「そいつなんだがね。十年前から妻恋稲荷の納屋に住み着き、掃除や雑用をしているそうだよ」

「十年前からですか……」

「うん。だが、それまでの事は、はっきりしない」

「気になりますか……」

「うん。気になるね」

　半兵衛は頷いた。

「お待たせしました」

鶴次郎が入って来た。

「梅ノ屋の評判、どうだった……」

半兵衛は、鶴次郎に猪口を渡して冷たい酒を満たしてやった。

「そいつが、どうも妙でしてね」

鶴次郎は首を捻り、冷たい酒を美味《うま》そうに飲み干した。

「梅ノ屋の奉公人の娘の殆どの者が、半年か一年で辞めているそうですぜ」

鶴次郎は告げた。

「半年か一年でね……」

半兵衛は眉をひそめた。

「はい。それから梅ノ屋には、滅多に店に出て来ない彦造と云う主がいるそうです」

「滅多に出て来ない主か……」

「ええ……」

「何かありそうだね」

「はい。これから土地の地廻りや遊び人にも聞き込みを掛けてみます」

鶴次郎は、半兵衛を見つめて告げた。

「うん。半次、鶴次郎、いずれにしろこの神隠し、裏がありそうだ」

半兵衛は苦笑した。


半兵衛、半次、鶴次郎は、おしずの神隠しを調べ始めた。

神隠しに遭ったおしず……。

茶店『梅ノ屋』の主の彦造……。

妻恋稲荷の宇吉……。

探索しなければならない事は沢山《たくさん》ある。

半兵衛たちは、手分けをして探索を進めた。


半次は、おしずの足取りを追った。

あの日、おしずは女将のおこうに使いを命じられ、神田須田町《すだちょう》の扇屋『秀扇堂《しゅうせんどう》』の隠居の許に手紙を届けに行った。そして、その帰りに妻恋坂で消えた。

半次は、おしずの足取りを追った。

おしずの足取りは、茶店『梅ノ屋』から神田須田町の『秀扇堂』に行き、用を済ませて帰路についたのまでは確かめられた。しかし、足取りは妻恋坂で不意に途切れる。

神隠し……。

妻恋稲荷の下男の宇吉がそう云い出し、他の者たちが恐ろしげに囁《ささや》き合って噂した。神隠しの噂は、界隈《かいわい》の町に静かに広がった。

半次は、妻恋坂の周囲に聞き込みを続けた。


湯島天神門前町の地廻りや遊び人で、茶店『梅ノ屋』の主・彦造を知っている者は余りいなかった。

彦造は、故意にその姿を隠しているのか、それとも偶々《たまたま》そうなっているのか……。


鶴次郎は、茶店『梅ノ屋』の内情と評判を調べた。

茶店『梅ノ屋』は、湯島天神の参拝客で繁盛している。

店では大年増の女将のおこう、茶を淹れたり甘味物を作る老婆、今はいないがおしずたち茶店娘が働いている。

おしずたち奉公人は、江戸近くの諸国から主の彦造が雇って来る。そして、『梅ノ屋』に住み込み奉公し、半年や一年で辞めているのだ。

鶴次郎は、茶店娘として働いていた娘の一人が、大店の隠居に妾奉公《めかけぼうこう》をしているのを知った。

茶店奉公から妾奉公……。

鶴次郎は戸惑いを覚えながらも、主の彦造を調べる事にした。


大川の流れは眩しく煌めいていた。

柳橋の船宿『笹舟』は暖簾《のれん》を微風《そよかぜ》に揺らしていた。

「御免、邪魔をする」

半兵衛は暖簾を潜った。

「これは白縫さま、おいでなさいまし」

女将のおまきが、帳場から出て来て半兵衛を迎えた。

「やあ。弥平次の親分、いるかな」

「はい。どうぞ、おあがり下さい」

おまきは、半兵衛を座敷に案内し、弥平次を呼びに行った。

弥平次はすぐに座敷にやって来た。

「こりゃあ半兵衛の旦那……」

「しばらくだね」

「はい。御無沙汰をしております」

「そいつはお互いさまだよ」

半兵衛は笑った。

「それで、御用は……」

「うん。牛久に一っ走りしてくれる者はいないかな」

「牛久ですかい……」

弥平次は眉をひそめた。

牛久宿は江戸日本橋から十六里、山口筑前守《やまぐちちくぜんのかみ》の領地である。

「うん。親分も聞いていると思うが、妻恋坂の神隠しの一件だよ」

「ああ……」

弥平次は、厳しさを過ぎらせた。

「神隠しに遭った娘、おしずって名なんだが、その牛久の出でね……」

半兵衛は、牛久に行くわけを説明した。

「分かりました。幸吉と由松《よしまつ》を走らせましょう」

弥平次は、半兵衛の頼みを引き受け、下っ引の幸吉と手先のしゃぼん玉売りの由松を牛久に行かせる事にした。

「そいつは助かる……」

半兵衛は微笑んだ。

弥平次は、幸吉と由松を呼んだ。

半兵衛は、やって来た幸吉と由松に牛久に行ってするべき事を教えた。


茶店『梅ノ屋』の主・彦造は、不忍池の畔《ほとり》の茅町《かやちょう》二丁目に住んでいた。

彦造の家は、黒塀を廻した仕舞屋《しもたや》だった。

鶴次郎は、近所に聞き込みを掛けた。

彦造は、年老いた下男夫婦と暮らしていた。

鶴次郎は、彦造の家の裏木戸から出て来た棒手振《ぼてふ》りの魚屋に声を掛けた。そして、懐の十手を見せ、彦造の事を尋ねた。

「どんな暮らし振りだと云われてもねえ。旦那は時々、旅に出掛けるそうですが、詳しくは……」

魚屋は首を捻った。

「旅に出掛ける……」

鶴次郎は戸惑った。

「ええ。尤《もっと》も余り遠くまでは行かないそうですがね」

「何しに行くのかな」

「さあ……」

魚屋は、面倒そうに眉をひそめた。

「一人で行くのかな」

鶴次郎は、凄味を利かせて魚屋を見据えた。

「良くは知りませんが、若い衆がお供をするとか……」

魚屋は、面倒そうに眉をひそめたのをすぐに悔やんだ。

「若い衆……」

「ええ」

「どんな若い衆だい」

「そこまでは……」

魚屋は、微かな怯えを過ぎらせた。

「そうかい。よし、この事を洩らすと身の為にならねえ。分かっているな」

鶴次郎は脅した。

「へい。それはもう……」

魚屋は頷いた。

鶴次郎は、魚屋を放免して彦造の家を見張った。僅かな刻が過ぎ、黒塀の木戸から旅仕度の二人の若い衆が出て来た。

鶴次郎は、物陰に潜んで旅仕度の二人の若い衆を見送った。

追うか……。

鶴次郎は迷った。だが、黒塀の木戸が再び開いた。鶴次郎は慌てて潜んだ。

羽織姿の肥った初老の男が、黒塀の木戸から出て来た。

彦造……。

鶴次郎は、そう見定めて尾行を開始した。

彦造らしき初老の男は、不忍池に出て畔を進んだ。

鶴次郎は追った。

不忍池の畔には木洩れ日が揺れ、風が涼やかに吹き抜けた。

妻恋坂は陽炎に揺れていた。

半次は、明神下の通りから妻恋坂を見上げた。

妻恋坂は、おしずの神隠しの噂が立って以来、人通りは途絶えた。

半次は、陽炎に揺れる妻恋坂を見上げた。陽炎の奥に箒を手にした宇吉が現れ、妻恋稲荷の表の掃除を始めた。

宇吉……。

半次は、掃除をする宇吉を見上げた。

「宇吉、気になるかい……」

半次の横に半兵衛が並んだ。

「旦那……」

半兵衛は、眩しげに眼を細めて妻恋坂を見上げた。

宇吉は、丁寧に掃除をしていた。

「おしずの神隠しは、ああして掃除をしていた宇吉が見た処《ところ》から始まった」

半兵衛は、掃除をしている宇吉を見上げた。

「旦那、まさか……」

半次は、半兵衛の腹の中を探った。

「半次、幸吉と由松に牛久に走って貰ったよ」

「幸吉と由松を牛久に……」

半次は眉をひそめた。

「うん。おしずの実家にね」

「旦那……」

「半次、神隠し、本当にあると思うかい」

「さあ。でも、神隠しってのは、大昔から云われていますから……」

半次は、戸惑いを浮かべた。

「そうだな。あるかもしれないし、ないかもしれない……」

「はあ……」

「じゃあ、今度のおしずの神隠しに限ってみるとどうなるかな」

「おしずの神隠しに限ってですか……」

「うん……」

宇吉は掃除を続けていた。そして、半兵衛の視線を感じたのか、不意に坂の下を見た。

半兵衛と半次に隠れる暇はなかった。

宇吉は、眼を細めて半兵衛と半次を見下ろした。

殺気……。

半兵衛は、宇吉の見下ろす視線に微かな殺気を感じた。

武士……。

半兵衛は、不意にそうした思いに突き上げられた。

宇吉は、自分を見つめる視線が半兵衛と半次だと気付き、小さな会釈をして妻恋稲荷に戻って行った。

「旦那……」

「半次、宇吉とおしず、何か関わりがあったのかな」

半兵衛は眉をひそめた。

「分かりました。その辺を探ってみます」

「うん……」

半兵衛は妻恋坂を見上げた。

微かな殺気は消えていた。

宇吉は武士だったのか……。

半兵衛に新たな疑惑が湧いた。

妻恋坂に陽炎が揺れた。

入谷広小路《いりやひろこうじ》は、上野寛永寺《うえのかんえいじ》に参拝する人々などで賑わっていた。

彦造らしき肥った初老の男は、入谷広小路の立場《たてば》で町駕籠《まちかご》に乗った。町駕籠は彦造らしき初老の男を乗せ、山下から新寺町《しんてらまち》の通りを浅草に向かった。

鶴次郎は追った。

町駕籠は、新寺町の通りを進んで新堀川《しんぼりがわ》を渡り、東本願寺前から駒形町《こまがたちょう》に向かった。

彦造らしき初老の男は、大川沿いにある駒形堂の前で町駕籠を降りた。そして、分厚い肉に埋もれた首筋の汗を拭い、駒形町の料理屋『花月《かげつ》』の暖簾を潜った。

誰かと逢うのか……。

鶴次郎は、料理屋『花月』の下足番の老爺に小粒を握らせた。

下足番の老爺は、歯の抜けた口元を綻《ほころ》ばせて小粒を握り締めた。

「今、入った旦那、茅町の彦造さんだね」

「ああ……」

鶴次郎は、肥った初老の男が彦造だと見定めた。

「彦造の旦那、誰かと逢っているのかい」

「神田須田町にある秀扇堂って扇屋の御隠居さんだ。色気のねえ話よ」

「秀扇堂の御隠居……」

鶴次郎は眉をひそめた。

「ああ……」

「彦造の旦那と御隠居、どんな様子か仲居に訊いて貰えないかな」

鶴次郎は頼んだ。

「お安い御用だが、自分で覗いて見ちゃあどうだい」

下足番の老爺は、皺だらけの顔で笑った。

「覗けるのかい……」

「庭に廻ればいいんだぜ」

下足番の老爺は、裏木戸に向かった。鶴次郎は続いた。

三

大川は夏の陽差しに溢《あふ》れていた。

鶴次郎は、料理屋『花月』の庭の植え込みに潜んだ。

連なる座敷は、障子が開け放たれていた。

鶴次郎は、連なる座敷の一つに彦造の肥った姿を見つけた。

彦造は、痩せた白髪頭の老人に頭を下げて何事かを詫《わ》びていた。

神田須田町の扇屋『秀扇堂』の隠居……。

隠居は、仏頂面《ぶっちょうづら》をして酒を飲んでいた。

彦造は盛んに汗を拭い、肥った身体を折り曲げて詫び続けた。

彦造は何を詫びているのか……。

鶴次郎は、彦造が詫びる理由が知りたくなった。

植え込みは座敷の外れに続いている。

鶴次郎は、身を潜めて植え込みの陰を走り、座敷の縁の下に潜り込んだ。そして、鼠《ねずみ》や虫の死骸の中を四つん這いになって進んだ。やがて、頭上に彦造の声が聞こえた。

鶴次郎は忍んだ。

「それで、おしずに代わる娘を出来るだけ早く御用意致しますので、どうかお許し下さい」

「彦造さん、おしずはもうどうにもならないのかい」

「はい。何しろ神隠しに遭ってしまったものでして……」

「神隠しだなんて、逃げたと分かっていて、子供騙しはいい加減にして貰いたいね」

「御隠居さま……」

「じゃあ、十日待とう。十日待って見つからなければ、私も諦めるよ」

「申し訳ございません」

彦造と扇屋『秀扇堂』の隠居は、おしずの話をしていた。

隠居は、おしずに何らかの未練を持っており、〝神隠し〟を〝逃げた〟と云った。

おしずの神隠しは、扇屋『秀扇堂』の隠居と関わりがあるのか……。

鶴次郎は思いを巡らせた。


妻恋稲荷には参拝客もなく、静けさに包まれていた。

半次は宇吉を見張った。

宇吉は、妻恋稲荷の掃除を終えて裏の納屋に入った。

妻恋稲荷の境内に木洩れ日が揺れた。

納屋の板戸が開き、宇吉が菅笠《すげがさ》を手にして出て来た。

出掛ける……。

半次は身構えた。

宇吉は、辺りの様子を油断なく窺った。

向かい側の旗本屋敷は表門を閉じ、妻恋坂に不審な人影はない。

宇吉は、菅笠を目深《まぶか》に被って妻恋坂を下った。

半次は充分な距離を取り、慎重な尾行を開始した。

宇吉は、妻恋坂を下って明神下の通りに出た。その瞬間、宇吉は振り返り、妻恋坂を見上げた。半次は、咄嗟《とっさ》に旗本屋敷の表門に隠れた。宇吉は、半次に気付かず、明神下の通りを神田川に進んだ。

只の下男じゃあねえ……。

半次は冷汗を拭う暇もなく、宇吉を追って明神下の通りに走った。

宇吉は、明神下の通りを神田川に向かっていた。半次は行き交う人に紛れながら、宇吉との距離を徐々に詰めた。

宇吉は神田川沿いの道に出た。

見失う……。

半次は焦り、走った。

宇吉は、神田川沿いの道や昌平橋の何処にもいなかった。

撒《ま》かれた……。

半次は、辺りに宇吉を捜した。

宇吉は、昌平橋の下の船着場で猪牙舟に乗り込んでいた。

いた……。

半次は船着場に向かった。だが、宇吉の乗った猪牙舟は船着場を離れ、神田川の流れに乗って大川に向かった。

しまった……。

半次は焦った。

昌平橋の船着場に船はもうなかった。

宇吉を乗せた猪牙舟は大川に向かって行く。

大川と合流する手前の柳橋まで見失わなければ、船宿『笹舟』で追う船は何とか調達出来る。

半次は、宇吉を乗せた猪牙舟を見ながら走った。

「ひゃっこい、ひゃっこい……」

水売りが長閑《のどか》な売り声をあげていた。

妻恋稲荷の裏手の納屋は、木洩れ日に包まれていた。

半兵衛は、納屋の板戸を静かに叩いた。納屋の中から宇吉の返事はなかった。

半兵衛は板戸を押した。板戸は微かな軋《きし》みを鳴らして開いた。半兵衛は中を覗いた。納屋の中は狭く、暑さが籠っていた。

半兵衛は納屋を見廻した。

人が住むように改造された納屋の隅には蒲団が畳まれ、僅かな着替えと台所道具があるだけだった。それらの物は、住んでいる者の人柄を表すかのように綺麗に片付けられていた。

半兵衛は、僅かな品物の中に数冊の書物を見つけた。

「本草綱目啓蒙《ほんぞうこうもくけいもう》……」

半兵衛は、書物を手に取って題名を読んだ。

〝本草〟とは、薬用になる植物、玉石《ぎょくせき》、禽獣《きんじゅう》、虫魚《ちゅうぎょ》などの総称である。

『本草綱目啓蒙』は、享和《きょうわ》三年に小野蘭山《おのらんざん》が日本の本草について講義をしたものを纏《まと》めて出版した四十八巻の書物であり、その中の数冊だった。

宇吉は薬草を学んでいるのか……。

半兵衛は、手に取った書物を開いた。そこには、様々な書き込みが達筆で細かくされていた。

いずれにしろ、宇吉は難しい学問書を読み、細かく書き込みをしている。

やはり宇吉は元武士……。

半兵衛は睨んだ。


神田川は両国で大川と合流する。

宇吉を乗せた猪牙舟は、柳橋を潜って大川に出た。

半次は、柳橋の船宿『笹舟』に走った。そして、船着場を覗いた。船着場には運良く勇次がいた。

勇次は、船頭で弥平次の手先も務めている若者だ。

「勇次……」

半次は、船着場に駆け下りた。

「こりゃあ半次の親分」

「今、大川に出て行った猪牙舟を追ってくれないか」

半次は頼んだ。

「合点だ」

勇次は、半次が事件の探索をしていると知り、すぐに引き受けた。

「助かった」

半次は、勇次の猪牙舟に乗った。勇次は、猪牙舟を勢い良く流れに乗せた。

「親分、どっちですか……」

勇次は、上流から下流のどっちに行くのか尋ねた。

「そいつが分からねえ」

半次は、口惜しそうに吐き棄てた。

「分からない……」

勇次は、戸惑いながら猪牙舟を大川に漕ぎ出した。

半次は、辺りに宇吉を乗せた猪牙舟を捜した。だが、それらしい猪牙舟は見えなかった。

半次は、一か八か賭けた。

「向島《むこうじま》にやってくれ」

「承知……」

勇次は、猪牙舟の舳先《へさき》を上流に向けた。

「菅笠を被った男を乗せた猪牙舟だ」

半次は勇次に告げ、先を行く猪牙舟に眼を光らせた。

勇次の猪牙舟は、前を行く船を追い抜きながら煌めく流れを遡《さかのぼ》った。

浅草御蔵、駒形堂、吾妻橋、山谷堀を通り過ぎた。

「半次の親分、あいつは違いますか……」

勇次は、今戸に差し掛かった時、前を行く猪牙舟を指差した。

猪牙舟は橋場の船着場に船縁を寄せ、菅笠を被った宇吉を降ろしていた。

「あれだ……」

半次は賭けに勝った。

宇吉は、橋場の船着場に降り、町に入って行った。そして、猪牙舟は舳先を返し、大川を戻って来た。

「勇次、俺は菅笠の男を追う。お前は猪牙の船頭が何処の誰か突き止めてくれ」

「承知……」

勇次は、猪牙舟を橋場の船着場に寄せた。

半次は、猪牙舟を降りて宇吉を追った。だが、宇吉の姿はすでに消えていた。

半次は、浅草橋場町に宇吉を捜した。

神田須田町の扇屋『秀扇堂』は繁盛していた。

鶴次郎は、『秀扇堂』と隠居を調べた。

隠居の名は長兵衛《ちょうべえ》、老妻を亡くしてから女好きになったと専《もっぱ》らの噂の年寄りだった。

長兵衛は、妾が出来ると根岸の里の隠居所に囲った。つい最近まで妾を囲っていたのだが、長兵衛は飽きて暇を取らせていた。そして、新たな妾をさがしていた。

鶴次郎は、『秀扇堂』界隈や隠居の長兵衛を知る者からそれだけの事を聞き込んだ。

陽は西に大きく傾き、暑く長い一日はようやく夜を迎えようとしていた。

冷たい酒は、暑さに火照《ほて》った五体に染み渡った。

「美味い……」

半兵衛は、酒の入った湯呑茶碗を手にして呻《うめ》いた。

「まったくで……」

半次は、冷たい酒をすすった。

「お陰さまで、さっぱりしました」

井戸端で水を浴びた鶴次郎が、さっぱりとした面持ちで台所に入って来た。

「そいつは良かった。ま、一杯やりな」

半兵衛は、水を張った桶《おけ》に浸けてあった一升徳利《いっしょうどっくり》を手にした。

「こいつは畏れ入ります」

鶴次郎は、湯呑茶碗を手にした。半兵衛は一升徳利の酒を満たした。鶴次郎は、喉を鳴らして飲んだ。

夜になり、風に涼しさが増した。

「それで半次、浅草橋場の船着場に降りてからの宇吉の足取り、摑《つか》めなかったのか……」

「はい。まんまと撒かれました。旦那、あの野郎、只の下男じゃありませんよ」

半次は口惜しさを浮かべた。

宇吉を見つけられず、半次は船宿『笹舟』に寄り、勇次に猪牙舟の素性を訊いた。宇吉を乗せた猪牙舟は、偶々《たまたま》昌平橋の船着場にいただけだった。そして、半次は妻恋稲荷に寄り、納屋を窺った。納屋は暗く、宇吉は戻っていなかった。

「おそらく宇吉、元は武士だよ」

「武士……」

半次と鶴次郎は眉をひそめた。

「うん……」

半兵衛は酒をすすった。

「とにかく半次、宇吉が橋場の何処に行ったのか突き止めるんだね」

「はい」

「で、鶴次郎、梅ノ屋の主はどうだった」

「そいつなんですが、梅ノ屋の彦造が出掛けたので尾行《つけ》ましてね……」

鶴次郎は、彦造が駒形町の料理屋『花月』で扇屋『秀扇堂』の隠居・長兵衛と逢った事と、その遣《や》り取《と》りを教えた。

「秀扇堂の隠居の長兵衛か……」

「はい。女好きで名高い隠居でしてね。彦造との遣り取りからすると、どうもおしずを妾にしようとしているようでして……」

鶴次郎は眉をひそめた。

「おしずを妾にね……」

半兵衛は、茶店『梅ノ屋』の茶店娘が半年、一年で辞めているのを思い出した。

妾話と茶店娘がすぐ辞めるのは、関わりがあるのかもしれない……。

半兵衛は睨んだ。

「鶴次郎、梅ノ屋に奉公して半年や一年で辞めた娘たちがどうしているか、ちょいと調べてみるんだね」

「はい……」

鶴次郎は酒を飲んだ。

「それにしても旦那、おしずの神隠し、いろいろありそうですね」

半次は、皮肉っぽい笑みを浮かべた。

「うん……」

半兵衛は苦笑した。


妻恋稲荷の裏の納屋に明かりが灯された。

行燈《あんどん》の明かりは、狭い納屋の中を仄《ほの》かに照らした。

宇吉は、狭い納屋の中に不審な処がないか見廻した。

狭い納屋に変わった事はない。だが、宇吉は何となく違和感を覚えた。違和感は、何者かが納屋に入った感じだった。

〝神隠し〟が裏目に出たのかもしれない……。

宇吉に微かな後悔が過ぎった。そして、辺りの様子を窺った。納屋の中と外に不審な処《ところ》はなかった。

妻恋稲荷は静寂に包まれ、夜の闇に沈んでいく。

翌日も暑い日が始まった。

半次は、浅草橋場町に行き、前日の宇吉の足取りを捜した。

浅草橋場町は町家より、寺や田畑の多い処だった。

半次は、自身番や木戸番屋で宇吉の足取りを捜した。だが、大した特徴もない宇吉の足取りは見つからなかった。

「親分さん、寺かもしれませんね」

木戸番は眉をひそめた。

「寺……」

「ええ……」

木戸番は頷いた。

「よし……」

半次は、寺を調べてみる事にした。

鶴次郎は、湯島天神門前町の茶店『梅ノ屋』を辞めた茶店娘たちの消息を調べた。そして、茶店娘たちの殆どが、妾奉公をしているのを知った。

妾奉公……。

鶴次郎は戸惑った。

何故だ……。

鶴次郎は、茶店娘が妾奉公をするようになった事情を追った。


宇吉は、妻恋稲荷の掃除に忙しかった。

半兵衛は、掃除をする宇吉を見守った。

宇吉は、掃除をしながらも辺りの様子を油断なく窺っていた。

明らかに警戒をしている……。

半兵衛は、己が納屋に忍び込んだのを気付かれたのを知った。

おしずの神隠しは、次第にその形を明確にし始めた。

妻恋坂は陽差しと静寂に覆《おお》われていた。

四

常陸国《ひたちのくに》牛久藩一万十七石は、江戸から十六里の処にあった。

下っ引の幸吉としゃぼん玉売りの由松は、水戸《みと》街道を急いで牛久城下に着いた。そして、その足で陣屋に赴《おもむ》き、町奉行所に半兵衛の書状を差し出した。

町奉行所の役人は半兵衛の書状を読み、おしずの実家の場所を教えてくれた。

幸吉と由松は、おしずの実家に行く事にした。役人は、町奉行所の小者を案内に付けてくれた。

「かたじけのうございます」

幸吉と由松は役人に礼を述べ、小者に案内されて水戸街道から田舎道に入り、牛久沼の方に進んだ。

田舎道には乾いた土埃《つちぼこり》が舞い、田畑の緑の匂いが漂っていた。

「おしずの実家、あそこですぜ」

小者は、雑木林に囲まれた古い百姓家を指差した。

「兄貴……」

由松は、古い百姓家を囲む雑木林に二人の旅姿の男がいるのに気付いた。

「ああ……」

幸吉は、厳しい面持ちで眉をひそめた。

「あの様子からすると、江戸から来たのかもしれませんぜ」

由松は睨んだ。

旅仕度の二人の男は、明らかにおしずの実家を窺っていた。

「よし。捕まえておしずの実家に何しに来たのか、吐かせてやるか」

幸吉と由松は決めた。

「面白え。あっしもお手伝いしますぜ」

牛久藩町奉行所の小者は楽しげに笑った。

風が吹き抜け、田畑の緑が大きく揺れた。


入谷鬼子母神の境内には、木洩れ日が煌めいていた。

鶴次郎は、鬼子母神裏の仕舞屋を訪れた。

仕舞屋は大店の主の持ち物であり、若い妾を囲っていた。

若い妾は、茶店『梅ノ屋』に奉公していた茶店娘の一人だった。

鶴次郎は、若い妾に大店の主に囲われた経緯《いきさつ》を尋ねた。

「それは……」

若い妾は困惑を浮かべた。

「お前さんに迷惑は掛けないと約束する。だから、教えちゃあくれないかな」

鶴次郎は頼んだ。

「ええ……」

若い妾は俯《うつむ》き、話し始めた。

「私たちは茶店の梅ノ屋に年季奉公をしましてね。梅ノ屋の旦那は、私たちを大店の旦那やお侍さまに妾奉公に出すんです」

「じゃあ、茶店に年季奉公をしたはずなのに、妾にされちまったってわけかい」

鶴次郎は眉をひそめた。

茶店『梅ノ屋』の彦造は、年季奉公に来た娘たちに妾奉公をさせ、多額の口利き料を取って儲《もう》けているのだ。

「ええ。妾奉公が嫌で逃げ出した娘もいたそうですが、旦那は追手を掛け、どうしても嫌なら親に渡した年季奉公の仕度金を耳を揃えて返せと。ですが返せるはずもなく……」

「妾になるしかなかったかい……」

「はい……」

若い妾は浮かぶ涙を拭った。

公儀は人身売買を禁止していた。そこで考えられたのが十年の年季奉公だった。

年季奉公は、十年経てば年明けとなり、晴れて自由の身になれるのだ。だが、実際は様々な名目で借金漬けにし、十年以上の奉公を強いていた。

『梅ノ屋』の彦造は、人買いの女衒《ぜげん》なのだ。

人の弱味に付け込んで、汚い真似をしやがる……。

鶴次郎は怒りを覚えた。


鏡《かがみ》ヶ池《いけ》の水面に小波《さざなみ》が走った。

半次は、浅草橋場町の寺を尋ね歩き、鏡ヶ池の傍の常泉寺《じょうせんじ》に辿《たど》り着いた。

今の処《ところ》、宇吉が訪れたと思われる寺はなかった。

鏡ヶ池は、謡曲『隅田川』に出て来る梅若丸《うめわかまる》の母が、哀しみに打ちひしがれて身を投げたとされる池だ。

その鏡ヶ池の傍に常泉寺があり、半次は周囲に聞き込みを掛けた。

古く小さな常泉寺は、老住職と中年の寺男がいる貧乏寺だった。

半次は、密かに探りを入れた。

中年の寺男は、庫裏《くり》の横手で薪《まき》を割っていた。斧《おの》は無造作に振り下ろされ、薪は乾いた音を小さく鳴らして二つに割れた。

見事な薪割りだ……。

半次は思わず見惚《みと》れた。

中年の寺男は、見惚れている半次に気付いた。

「何か御用でしょうか……」

「えっ。いいえ、余りにも見事な薪割りなので、つい見惚れて……」

「そうですか……」

中年の寺男は、照れと後悔を過ぎらせた。

誰かに似ている……。

半次は僅かに戸惑った。そして、宇吉を思い出した。中年の寺男は、妻恋稲荷の下男の宇吉に似ているのだ。

元は武士……。

見事な薪割りもそれを教えている。

昨日、宇吉は常泉寺に来たのかもしれない。

半次は、ようやく手応《てごた》えを感じた。

「静かな好い寺ですね」

半次は、狭い境内を見廻した。

「えっ。そうですか……」

中年の寺男は、話を拒否するような返事をして再び薪割りを始めた。

潮時だ……。

「いやあ、邪魔したね」

半次は、中年の寺男に挨拶をして常泉寺の境内を出た。そして、素早く木立の陰に潜んで気配を消した。

中年の寺男は、半次が立ち去ったのを確かめるように辺りを窺い、急ぎ足で庫裏に入った。

昨日、宇吉はやはりこの寺に来たのだ……。

半次は見定めた。

妻恋稲荷の表は綺麗に掃除がされ、下男の宇吉は裏の納屋に入ったままだった。

半兵衛は見張った。

「旦那……」

鶴次郎がやって来た。

「おお、どうしたい……」

「梅ノ屋の彦造の遣り口、ようやく突き止めましたぜ……」

鶴次郎は、『梅ノ屋』の茶店娘から妾にされた女の事を半兵衛に伝えた。

「彦造の正体は女衒か……」

半兵衛は眉をひそめた。

「はい。それも御法度《ごはっと》の人の売り買いです。違いますかい」

鶴次郎は、年季奉公で縛った娘を高値で妾に売る遣り口を怒った。

「成る程……」

半兵衛は苦笑した。

「旦那……」

鶴次郎は戸惑った。

「うん。妾が嫌で逃げ出せば、追手が掛けられるし、実家が迷惑をする。それで窮余《きゅうよ》の一策の神隠しか……」

半兵衛は、神隠しの真相を読んだ。

「旦那……」

鶴次郎は、妻恋坂を駆けあがって来る船頭に気が付いた。

船頭は妻恋稲荷に入り、裏の納屋に向かった。そして、僅かな刻が過ぎ、船頭と宇吉が納屋から出て来て妻恋坂を下った。

「旦那……」

「鶴次郎、宇吉たちは船だ。笹舟に走り、猪牙を仕度してくれ。私は尾行《つけ》る」

「承知……」

鶴次郎は裏通りに入り、柳橋の船宿『笹舟』に走った。

半兵衛は、黒の紋付き羽織を脱いで宇吉と船頭を尾行した。

宇吉と船頭は、妻恋坂から明神下の通りに出た。そして、神田川に架かる昌平橋の船着場に向かった。

半兵衛は尾行した。

船頭は、宇吉を猪牙舟に乗せて神田川を下った。

半兵衛は、神田川沿いを柳橋に向かって走った。


柳橋の船宿『笹舟』の船着場では、勇次が猪牙舟の仕度を急いだ。

鶴次郎は、半兵衛の来るのを待った。

宇吉を乗せた猪牙舟が、神田川を下って来た。

「勇次、あの猪牙だ」

鶴次郎は、これから追う猪牙舟を教えた。

宇吉を乗せた猪牙舟は、勇次の前を通り過ぎて大川に向かって行った。勇次は、猪牙舟の行方を見守った。猪牙舟は大川に出て左に曲がり、流れを遡った。

神田川沿いの道に半兵衛の姿が見えた。


宇吉を乗せた猪牙舟は、大川を遡って浅草に向かって進んだ。

勇次は、半兵衛と鶴次郎を乗せた猪牙舟を巧みに操《あやつ》って追った。


半次は、常泉寺を見張り続けた。

常泉寺の中年の寺男は、一度だけ船着場に行き、知り合いの船頭に何事か使いを頼んで常泉寺に戻った。それ以来、常泉寺には何の動きもなかった。

中年の寺男は、半次に不審を抱いて宇吉に報せたのかもしれない。そして、宇吉が動くとなると、常泉寺にはそれだけの理由が秘められているのだ。

秘められているものとは何か……。

半次は思いを巡らせた。

宇吉を乗せた猪牙舟は、吾妻橋を潜って尚も進んだ。

「勇次、行き先はおそらく橋場町の船着場だ。先廻りをしてくれ」

半兵衛は命じた。

「合点だ」

勇次は、猪牙舟の速度を上げた。そして、宇吉の乗った猪牙舟を追い抜き、浅草橋場町の船着場に猪牙舟を着けた。半兵衛と鶴次郎は、猪牙舟を降りて物陰に潜んだ。勇次は、宇吉を乗せた猪牙舟が橋場の船着場に寄らない場合に備えた。

僅かな刻が過ぎ、宇吉を乗せた猪牙舟が橋場の船着場に船縁を寄せた。宇吉は、猪牙舟を素早く降りて常泉寺に急いだ。

「旦那……」

「うん。睨み通りだ」

半兵衛と鶴次郎は、追って来た勇次と一緒に宇吉を尾行した。

半次は、常泉寺を見張り続けた。

宇吉が急ぎ足でやって来て、常泉寺の庫裏に入った。

宇吉……。

半次は、己の読みが正しかったのを知った。

「半次……」

半兵衛が、鶴次郎や勇次とやって来た。

「旦那……」

「宇吉、この寺に入ったね」

「はい」

「よし。この寺は……」

半兵衛は、眉をひそめて古く小さな常泉寺を見廻した。

半次は、常泉寺には老住職と中年の寺男がいるのを告げた。

「で、その中年の寺男、どうも元は侍らしいんですよ」

「ほう。ここにも元武士がいるのか……」

「はい」

半次は頷いた。

宇吉と中年の寺男は、元武士と云う処で繋がっているのかもしれない。

「どうします旦那……」

「うん。とにかく神隠しに遭ったおしずが無事かどうか、確かめてみよう」

半兵衛は小さく笑った。

「旦那、じゃあおしずは此処《ここ》に……」

半次は、常泉寺が秘めているものに気付いた。

「うん。鶴次郎、勇次と裏に廻ってくれ。半次、私と一緒に表から行くよ」

「承知……」

鶴次郎は、勇次と共に庫裏の裏に走った。

半兵衛は、半次を従えて庫裏に向かった。

庫裏には、宇吉と中年の寺男、そして若い娘がいた。

「おそらく、その男は岡っ引だ……」

宇吉は眉をひそめた。

「うむ。おしずを捜しているのだろう」

中年の寺男は頷いた。

「此処まで嗅ぎ付けられたか……」

宇吉は吐息を洩らした。

「私の為に、申し訳ありません」

滲《にじ》む涙を拭った若い娘は、神隠しに遭ったおしずだった。

「なあに、おしずのせいではない。私が良かれと思ってした小細工が、逆に眼を惹《ひ》いてしまったようだ」

宇吉は悔やんだ。

「で、宇三郎《うさぶろう》。これからどうする」

中年の寺男は眉をひそめた。

「弥之助《やのすけ》、私はおしずを牛久の実家に連れて行ってみる」

「しかし、牛久の実家には彦造の手下が……」

弥之助と呼ばれた中年の寺男は、懸念を示した。

「追手ならとっくに行き、おしずはいないと知り、戻って来る頃だ」

宇吉は読んだ。

「成る程。此処が岡っ引に眼を付けられたとなると、それがいいかもしれぬな」

弥之助は頷いた。

「うむ。どうだ、おしず……」

宇吉は、おしずに尋ねた。

「私は宇吉のおじさんの云う通りにします」

おしずは、涙を拭って宇吉を見つめた。

「そうか……」

「はい……」

おしずは頷いた。

「ならば、いつ出立する」

弥之助は尋ねた。

「猶予《ゆうよ》はならぬ。今すぐに……」

宇吉は告げた。

「それには及ばないよ」

腰高障子越しに半兵衛の声がした。

宇吉と弥之助は、おしずを庇《かば》って身構えた。

腰高障子を開け、半兵衛と半次が入って来た。

宇吉、弥之助、おしずは、固い面持ちで半兵衛と半次を見つめた。鶴次郎と勇次が、裏手の庭に現れた。

「白縫さん……」

宇吉は、緊張に声を嗄《か》らした。

「宇吉さん。お前さんは、秀扇堂の隠居の妾にされるおしずを哀れみ、神隠しに遭った事にした。そして、おしずをこの常泉寺に匿《かくま》い、ほとぼりの冷めるのを待った。そうだね」

半兵衛は、己の睨みを告げた。

宇吉は、企《くわだ》てが見破られているのを知った。

おしずは、怯えを過ぎらせた。

「白縫さん、神隠しは私の企てだ。どうか、おしずだけは見逃してやってくれませんか。この通りです」

宇吉は覚悟を決め、半兵衛に頭を下げた。

「宇吉さん、おしずは神隠しに遭って消えてしまった。それでいいじゃありませんか」

半兵衛は微笑んだ。

「白縫さん……」

宇吉は驚き、おしずと弥之助は戸惑った。

「おしずの行方知れずは、拐かしや人攫《ひとさら》いでもない、神隠し。つまり、町奉行所の同心の私が出る幕じゃあない……」

「じゃあ……」

「世の中には、私たちが知らん顔をした方がいい事がありましてね。私は神隠しより、御法度の人の売り買いをしている彦造が気になってね」

「かたじけない……」

宇吉は、半兵衛に感謝の眼差しを向けた。

おしずのすすり泣きが洩れた。

「おしず、牛久には私の知り合いが行っている。追手が行ったかどうかは、間もなくはっきりする。牛久の実家に戻るのは、それからにするんだね」

おしずは泣き伏した。

宇吉と弥之助は、半兵衛に深々と頭を下げた。

「みんな、私は神隠しなんかこの世にないと思っていたが、やっぱりあるんだな」

半兵衛は、半次、鶴次郎、勇次に感心したように笑い掛けた。

「ええ。まったくです」

半次、鶴次郎、勇次は苦笑した。

風は鏡ヶ池に小波を走らせ、常泉寺の庫裏を爽《さわ》やかに吹き抜けた。


幸吉と由松が、牛久藩から帰って来た。

「御苦労だったね。それでどうだった」

半兵衛は労《ねぎら》った。

「はい。旦那の睨み通り、追手が二人、おしずの実家を見張っていました」

「そうか……」

「それで二人を押さえて締め上げ、素性と誰に頼まれての事かを吐かせました」

「うん」

「二人は梅ノ屋彦造の手下でしてね。彦造の野郎、質《たち》の悪い女衒でしたよ」

「やっぱりな。で、二人はどうした」

「はい。牛久藩の町奉行所の牢に叩き込んで貰いました」

「そいつは上首尾《じょうしゅび》だ」

半兵衛は笑った。

「はい。ですが旦那。おしずは実家に戻っちゃあいませんでした」

幸吉は眉をひそめた。

「おしずは、橋場の寺に隠れていたよ」

「そいつは良かった」

由松は笑った。

「うん。だが、神隠しのままにしたよ」

「えっ……」

由松は戸惑った。

「由松、幸吉、世の中には神隠しに遭ったままの方が幸せな娘もいるようだ」

「ですが旦那……」

「成る程……」

幸吉は、由松を遮《さえぎ》るように頷いた。

「由松、知っての通り、神隠しは私たち町方の支配違いだ。取り締まれるのは、御公儀の御法度を破って人の売り買いをする質の悪い女衒だよ」

半兵衛は嘲笑を浮かべた。

茶店『梅ノ屋』の主・彦造は、御法度破りの女衒として半兵衛にお縄にされた。

彦造は、蒸し暑い仮牢に入れられ、肥った身体から汗を流した。汗は乾く間もなく噴き出し、彦造を苦しめた。そして、彦造は音《ね》を上げ、年季奉公で雇った茶店娘を妾として高値で売り飛ばしていた事実を白状した。

暑い季節は続き、妻恋坂には陽炎が揺れていた。

下男の宇吉は、相変わらず妻恋稲荷や境内などの掃除をしていた。

半兵衛は、半次や鶴次郎と一緒に妻恋坂の下から宇吉を見守った。

「宇吉さん、どんな侍だったんですかね」

半次は眉をひそめた。

「半次、武士が身分を棄てて下男働きをしているのは、それなりの理由と覚悟がある。それで良いじゃあないか」

半兵衛は小さく笑った。

宇吉こと杉山《すぎやま》宇三郎と常泉寺の寺男の弥之助は、信濃国の小藩の家臣だったが殿さまの乱行を諫《いさ》めて怒りを買い、討手《うって》を掛けられた。

二人は、馬鹿な殿さまの為に死ぬ事はないと藩を逐電《ちくでん》した。そして、諸国を放浪し、武士の身分を棄てて江戸に落ち着いた。

宇吉と弥之助が、これからどうするか分からない。分からない限り、そっとして置くのが一番なのだ。

半兵衛は、密かに知った宇吉たちの過去を半次や鶴次郎に伝えなかった。

宇吉は、妻恋稲荷の表の掃除を続けた。


おしずの神隠しは、人の噂も七十五日の例え通り、噂話にのぼる事もなくなった。

おしずは、妻恋坂で神隠しに遭って消えた。

半兵衛は、陽差しを白く照り返す妻恋坂を見上げた。

妻恋坂は陽炎に揺れた……。

この作品は双葉文庫のために書き下ろされました。

ふ-16-15

知《し》らぬが半兵衛《はんべえ》手控帖《てびかえちょう》

五月雨《さみだれ》

2011年8月14日　第1刷発行

【著者】
藤井邦夫《ふじいくにお》

【発行者】
赤坂了生
【発行所】
株式会社双葉社
〒162-8540 東京都新宿区東五軒町3番28号
［電話］03-5261-4818(営業)　03-5261-4833(編集)
www.futabasha.co.jp
(双葉社の書籍・コミックが買えます)
【印刷所】
株式会社亨有堂印刷所
【製本所】
株式会社若林製本工場

【表紙・扉絵】南伸坊
【フォーマット・デザイン】日下潤一
【フォーマットデジタル印字】飯塚隆士

落丁・乱丁の場合は送料双葉社負担でお取り替えいたします。
「製作部」宛にお送りください。
ただし、古書店で購入したものについてはお取り替えできません。
［電話］03-5261-4822 (製作部)

定価はカバーに表示してあります。

ISBN978-4-575-66514-7 C0193
Printed in Japan

芦川淳一

剣四郎影働き
盗人《ぬすっと》旗本

長編時代小説〈書き下ろし〉

五歳で記憶をなくし、盗人一味に拾われた直参旗本の四男坊・如月剣四郎。育ての親が惨殺される現場を目撃したのを機に人生が一変する。

芦川淳一

剣四郎影働き
黒猫の仇討ち

長編時代小説〈書き下ろし〉

九年前、盗みの最中に何者かに仲間を惨殺された盗賊団黒猫組の残党が、ついに仇討ちに立ち上がった。剣四郎は闇鴉の又蔵一家を疑う。

芦川淳一

剣四郎影働き
白面の剣客

長編時代小説〈書き下ろし〉

育ての親である轟釜之助を斬った、白面の剣客・時雨京之助に戦いを挑む如月剣四郎。果たして勝負の結果は!? 好評シリーズ第三弾。

沖田正午

質蔵きてれつ繁盛記
おきつね祈願

長編時代小説〈書き下ろし〉

元武士の仁五郎が営む神田小柳町の質店「八前屋」には、なぜか奇妙な質草ばかり持ち込まれる。待望のシリーズ第一弾。

沖田正午

質蔵きてれつ繁盛記
夜泣き三味線

長編時代小説〈書き下ろし〉

八前屋の前で行き倒れになった女から質草として預かった三味線が、なぜか夜中に鳴り出すという珍事が！ 好評シリーズ第二弾。

芝村涼也

返り忠兵衛 江戸見聞
春嵐《はるあらし》立つ

長編時代小説〈書き下ろし〉

藩改革の騒動に巻き込まれて兄を喪い、自らも追われる身となった筧忠兵衛。江戸の喧嘩は吉か凶か？ 期待の新人デビュー作。

芝村涼也

返り忠兵衛 江戸見聞
湿風《けぶ》烟る

長編時代小説〈書き下ろし〉

謀反者として忠兵衛を抹殺すべく、定海藩主の懐刀・神原采女正は悪辣な罠を張りめぐらす。忠兵衛の運命は!? 期待のシリーズ第二弾。

藤井邦夫

知らぬが半兵衛手控帖

捕違《とりちが》い

長編時代小説〈書き下ろし〉

本所堅川沿いの空き家から火の手があがり、付近で酔いつぶれていた男が付け火の罪で捕縛されたのだが……。好評シリーズ第九弾。

藤井邦夫

知らぬが半兵衛手控帖

無縁坂

長編時代小説〈書き下ろし〉

北町奉行所与力・松岡兵庫の妻女が行方知れずになった。捜索に乗り出した半兵衛の前に浪人者の影がちらつき始める。好評シリーズ第十弾。

藤井邦夫

知らぬが半兵衛手控帖

雪見酒

長編時代小説〈書き下ろし〉

大身旗本の本多家を逐電した女中探しを命じられ、不承不承探索を始めた白縫半兵衛だったが、本多家の用人の話に不審を抱く。

藤井邦夫

知らぬが半兵衛手控帖

迷い猫

長編時代小説〈書き下ろし〉

行方知れずだった鍵役同心が死体で発見された。遺体を検分した同心白縫半兵衛は、着物の裾から猫の爪を発見する。シリーズ第十二弾。

藤井邦夫

知らぬが半兵衛手控帖

秋日和

長編時代小説〈書き下ろし〉

赤坂御門傍の溜池脇で男が滅多刺しにされて殺された。半兵衛は、男が昔、中村座の大部屋役者をしていた女衒の栄吉だと突き止める。

藤井邦夫

知らぬが半兵衛手控帖

詫び状

長編時代小説〈書き下ろし〉

白昼、泥酔し刀を振りかざした浅葱裏を一刀のもとに斬り倒した浪人がいた。半兵衛は、田宮流抜刀術の同門とおぼしき男に興味を抱く。

誉田龍一

消えずの行灯《あんどん》

本所七不思議捕物帖

時代ミステリー 短編集

黒船来航直後の江戸の町で、七不思議に似た奇怪な死亡事件が続発。若き志士らがその真相を追う。第二十八回小説推理新人賞受賞作。